Le roi des casse-pieds

Judy Blume

Le roi des casse-pieds

Traduit de l'américain par Isabelle Reinharez

Neuf
l'école des loisirs
11, rue de Sèvres, Paris 6ᵉ

Judy Blume est née à New Jersey à proximité de New York et c'est là qu'elle vécut jusqu'à une époque récente. New Jersey fait partie de cette région pavillonnaire entourant New York et tout naturellement Judy Blume y a situé beaucoup de ses romans.

Quand ses deux enfants ont l'âge d'aller à l'école elle commence à écrire. D'abord des histoires pour les petits. Après quelques échecs elle décide de se fier à sa mémoire et d'écrire les livres qu'elle aurait souhaité lire quand elle avait onze ans. Cette fois son manuscrit est accepté et dès le premier livre c'est le succès. Depuis Judy Blume a fait paraître une quinzaine de livres. Avec le recul on peut dire aujourd'hui que son œuvre a profondément marqué la littérature pour préadolescents.

A Larry, sans qui Mousse n'existerait pas
et à tous mes lecteurs qui ont demandé
la suite de ses aventures

Chapitre 1
Devine, Peter ?

Les jours passaient, bien tranquilles, quand ma mère et mon père ont lancé la nouvelle. *Plaf!* Sans plus de ménagement.

«Nous avons quelque chose de merveilleux à t'annoncer, Peter», a dit Maman avant dîner. Elle coupait des carottes en rondelles dans le saladier. J'en ai chipé une.

«Quoi?» j'ai demandé. Je me disais que mon père venait peut-être d'être nommé directeur de son agence. Ou que peut-être la maîtresse avait téléphoné pour dire que même si je n'étais pas le premier de ma classe de septième, j'étais de loin le plus intelligent.

«Nous allons avoir un bébé», a enchaîné Maman.

«Nous allons quoi?» J'ai hoqueté, je m'étouffais. Papa est venu me taper dans le dos. J'ai craché des petits bouts de carottes mâchés qui sont venus atterrir sur la paillasse. Maman les a ôtés avec une éponge.

«Avoir un bébé», a dit Papa.

«Ça veut dire que tu es enceinte?» ai-je demandé à Maman.

«Exactement», m'a-t-elle répondu, en se tapotant le ventre. «De bientôt quatre mois.»

«Quatre mois! Tu le sais depuis quatre mois et tu ne me l'as même pas dit?»

«Nous voulions en être sûrs», a coupé Papa.

«J'ai vu le docteur pour la deuxième fois aujourd'hui», a expliqué Maman. «Le bébé est pour le mois de février.» Elle a allongé la main pour m'ébouriffer les cheveux. Mais j'ai esquivé et je me suis reculé de justesse.

Papa a soulevé le couvercle de la casserole qui était sur le feu et a tourné le ragoût. Maman, elle, s'est remise à couper ses carottes. Comme si on venait de parler de la pluie et du beau temps!

J'ai hurlé: «Mais c'est pas possible? *C'est pas possible?* Un seul, ça ne suffisait pas?»

Ils se sont arrêtés net et m'ont dévisagé.

J'ai continué à hurler: «Un autre Mousse! Il ne manquait plus que ça.» J'ai tourné les talons et j'ai enfilé le couloir en trombe.

Mousse, mon petit frère de quatre ans, était dans la salle de séjour. Il se fourrait des biscuits salés dans la bouche et rigolait comme un imbécile en suivant *Un, rue Sésame* à la télé. Je l'ai regardé; dire qu'il allait falloir tout recommencer. Les coups de pied et les cris et les bêtises et pire – bien pire encore. J'étais tellement en colère que j'ai balancé un coup de pied dans le mur.

Mousse s'est retourné. «Salut, Pee-tah!»

J'ai braillé : «Tu es le plus grand casse-pieds de tous les temps»

Il m'a jeté une poignée de biscuits salés.

J'ai foncé dans ma chambre et j'ai claqué la porte derrière moi, si fort que ma mappemonde s'est décrochée et a atterri sur le lit. Mon chien, Tortue, a aboyé. J'ai entrebâillé la porte, juste assez pour qu'il se faufile dehors, et puis je l'ai reclaquée. J'ai tiré mon sac Adidas de l'armoire et j'ai vidé deux tiroirs de la commode dedans. *Un autre Mousse,* je me suis dit. *Ils vont avoir un autre Mousse.*

On a frappé à la porte, et Papa a appelé : «Peter...»

«Va-t'en», lui ai-je dit.

«Je voudrais te parler.»

«De quoi?» Comme si je ne le savais pas.

«Du bébé.»

«Quel bébé?»

«Tu *sais bien* quel bébé.»

«On n'a pas besoin d'un autre bébé.»

«Besoin ou pas, il arrive. Alors autant te faire à cette idée.»

«Pas question!»

«Nous en reparlerons», a dit Papa. «En attendant, va te laver les mains. C'est l'heure du dîner.»

«Je n'ai pas faim.»

J'ai tiré la fermeture-éclair de mon sac, attrapé une veste et ouvert la porte de ma chambre. Il n'y avait personne derrière. Alors j'ai longé le couloir et j'ai trouvé mes parents dans la cuisine.

J'ai annoncé: «Je m'en vais, je ne vais pas rester là à attendre l'arrivée d'un deuxième Mousse. Salut.»

Et puis je n'ai pas bougé. Je suis resté planté là, à attendre leur réaction.

«Où vas-tu?» a demandé Maman. Elle a sorti quatre assiettes du placard et les a tendues à Papa.

«Chez Jimmy Fargo!» Mais en fait, jusque-là je n'avais pas réfléchi une minute à la question.

«Il n'y a qu'une chambre à coucher dans leur appartement», a remarqué Maman. «Vous serez drôlement serrés.»

«Alors je vais aller chez Mamie. Elle sera contente de me voir.»

«Mamie passe la semaine à Boston, chez tante Linda.»

«Oh.»

«Et si tu te lavais les mains pour manger avec nous? Tu déciderais après», a suggéré Maman.

Ça m'embêtait de reconnaître que j'avais faim, mais c'était vrai. Et toutes ces bonnes odeurs qui s'échappaient de la cuisine me mettaient l'eau à la bouche. Alors j'ai laissé tomber mon sac Adidas et je suis parti à la salle de bains, au bout du couloir.

Mousse se tenait devant le lavabo. Debout sur son tabouret, il se savonnait les mains sous une tonne de mousse. «Salut, c'est toi Bert, je parie», a-t-il dit en imitant la voix de *Un, rue Sésame*. «Moi, c'est Ernie, Ravi de te connaître.» Il m'a tendu une de ses petites mains couvertes de mousse.

Je lui ai dit: «Remonte tes manches. Mais regarde-moi ce gâchis!»

«Gâchis, gâchis... j'adore le gâchis», a-t-il chantonné.

«On le sait... on le sait.»

J'ai passé mes mains sous le robinet et je les ai essuyées sur mon jean.

Quand nous sommes arrivés à table, Mousse s'est installé sur sa chaise. Depuis qu'il refuse d'utiliser sa chaise haute, il doit se mettre à genoux pour arriver à la hauteur de son assiette. «Pee-tah ne s'est pas lavé les mains. Il les a juste rincées.»

«Espèce de petit...» j'ai commencé à grogner, mais Mousse jacassait déjà, tourné vers mon père.

«Salut, moi c'est Bert. Toi c'est Bernie, je parie.»

«Exactement», a répondu mon père, en entrant dans son jeu. «Comment ça va, Bert?»

«Bien, je t'assure», a dit Mousse. «Mon foie

11

devient tout vert et j'ai les orteils qui tombent.»

«Désolé de l'apprendre, Bert», a répondu mon père. «Peut-être que demain ça ira mieux.» ·

«Oui, peut-être», a dit Mousse.

J'ai secoué la tête et j'ai construit un monticule de purée dans mon assiette. Après, je l'ai inondé de sauce. «Tu te souviens quand on a emmené Mousse au Paradis du Hamburger, et qu'il a étalé de la purée partout sur le mur?»

«J'ai fait ça, moi?» a demandé Mousse, soudain intéressé.

«Oui, et tu t'es aussi versé une assiette de petits pois sur la tête.»

Ma mère s'est mise à rire. «J'avais complètement oublié cette histoire.»

«Dommage que tu ne t'en sois pas rappelé avant de décider d'avoir un *autre* bébé.»

«Bébé?» s'est étonné Mousse.

Ma mère et mon père se sont regardés. J'ai pigé tout de suite. Ils n'avaient pas encore annoncé la bonne nouvelle à Mousse.

«Oui», a dit Maman. «Nous allons avoir un bébé.»

«Demain?» a demandé Mousse.

«Non, pas demain», a dit Maman.

«Quand?» a demandé Mousse.

«En février», a précisé Papa.

«Janvier, février, mars, avril, mai, juin, juillet…» a récité Mousse.

«Ça va… ça va…» j'ai dit. «Tu es un petit génie, tout le monde le sait.»

«Dix, vingt, trente, quarante, cinquante…»

«Arrête!» j'ai supplié.

«A, B, C, D, E, F, G, R, B, Y, Z…»

«Il y a quelqu'un, ici, qui saurait l'éteindre?» j'ai demandé.

Mousse s'est tenu tranquille un moment. Et puis il a dit: «Quel genre de nouveau bébé on va avoir?»

«Pas comme toi, j'espère.»

«Pourquoi? J'étais un gentil bébé, hein, Maman?»

«Tu étais un bébé intéressant, Mousse», a répondu Maman.

«Tu vois, j'étais un bébé intéressant», a-t-il souligné.

«Et Peter était un bébé adorable», a continué Maman. «Il était très calme.»

«Heureusement que tu m'as eu en premier, sinon tu aurais peut-être renoncé tout de suite.»

«Et moi aussi, j'étais un bébé calme?» a demandé Mousse.

«Je n'irais pas jusque-là», a dit Papa.

«Je veux voir le bébé», a décrété Mousse.

«Tu le verras.»

«Tout de suite!»

13

«Tout de suite, c'est impossible», a dit Papa.

«Pourquoi?» a demande Mousse.

«Parce qu'il est dans mon ventre», lui a expliqué Maman.

Ça y est, la voilà, la grande question. Quand je l'ai posée, j'ai reçu un livre intitulé *Comment on fait les bébés.* Je me suis demandé ce que Papa et Maman allaient raconter à Mousse. Mais Mousse n'a pas posé de question. Non, il s'est mis à taper sur son assiette avec sa cuillère en braillant: «Je veux voir le bébé. Je veux voir le bébé tout de suite!»

«Il faudra que tu attendes le mois de février», a répliqué Papa, «comme nous tous.»

«Tout de suite, tout de suite, tout de suite!» a hurlé Mousse.

Encore cinq ans de cette comédie. Peut-être plus, même. Et qui me dit qu'ils ne vont pas continuer à avoir des bébés, les uns après les autres. «Excusez-moi», j'ai dit, en me levant de table. Je suis allé dans la cuisine, j'ai crié: «Bon, il est temps que je m'en aille.» J'ai fait un petit au-revoir avec la main.

«Où est-ce qu'il va, Pee-tah?» a demandé Mousse.

«Je me sauve, mais je reviendrai vous voir. Un de ces jours.»

«Non, Pee-tah... t'en va pas!» Mousse a sauté de sa chaise et s'est précipité sur moi. Il s'est accroché à une de mes jambes et a commencé à brailler. «Pee-tah... Pee-tah... emmène-moi avec toi.»

J'ai essayé de lui faire lâcher prise, mais impossible. Il est drôlement fort, quand il s'y met. J'ai regardé ma mère et mon père. Et puis j'ai baissé les yeux vers Mousse, qui m'a lancé le même regard que Tortue quand il quémande un biscuit.

J'ai dit : «Si au moins je pouvais savoir comment il sera, ce bébé !»

«Prends le risque, Peter», a dit Papa. «Ce n'est pas sûr qu'il ressemble à Mousse.»

«Mais ce n'est pas sûr qu'il ne lui ressemble *pas* non plus.»

Mousse m'a tiré la jambe. «Je veux un bébé intéressant, comme moi.»

J'ai soupiré : «Si vous croyez qu'il va dormir dans ma chambre, vous vous mettez le doigt dans l'œil.»

«Le bébé dormira ici», a déclaré Maman. «Dans le coin de la salle à manger.»

«Et nous, alors, où est-ce qu'on mangera ?»

«Oh, nous trouverons bien une solution», a assuré Maman.

J'ai reposé mon sac Adidas et j'ai essayé encore une fois de me dépêtrer de Mousse. «D'accord. Pour le moment, je reste. Mais quand le bébé va naître, s'il ne me plaît pas, je pars.»

«Moi aussi», a décrété Mousse. «Sam a un nouveau bébé et il sent mauvais.» Il s'est pincé le nez. «Pouah.»

«Qui veut du dessert?» a demandé Papa. «C'est du flan à la vanille.»

«Moi... moi...» a glapi Mousse. Il m'a lâché la jambe et il est retourné se percher sur sa chaise.

«Et toi, Peter?»

«Moi aussi, quelle question.» Et je me suis rassis à table.

Maman a allongé le bras et m'a ébouriffé les cheveux. Cette fois, je l'ai laissée faire.

Chapitre 2
Guili guili guili

Avant la fin de la semaine, Mousse l'a posée, la grande question. «Dis Maman, comment il est entré dans ton ventre, le bébé?» Alors Maman m'a emprunté mon livre, *Comment on fait les bébés,* et elle l'a lu à Mousse.

Dès qu'il a tout su, il s'est mis à raconter à tout le monde, et dans le moindre détail, comment Maman et Papa avaient fait leur bébé. Il l'a raconté à Henry, le liftier de notre immeuble. Henry a souri et répondu: «Quelle science pour un petit bonhomme comme toi.»

Il l'a raconté à la caissière du supermarché. Ses yeux se sont arrondis, et puis Maman a grondé: «Mousse, ça suffit.»

«Mais j'arrivais juste au meilleur moment», a protesté Mousse.

«Peter», a dit Maman, «il commence à faire une chaleur épouvantable, ici. Emmène donc Mousse dehors, veux-tu?»

Il a vu une femme enceinte dans l'autobus et il a

dit: «Je sais ce qu'il y a dans ton ventre, et je sais comment c'est venu dedans.» La femme s'est levée et a changé de place.

Il l'a raconté à Mamie. Qui a demandé à ma mère: «Anne, crois-tu que c'est raisonnable qu'il en sache *aussi* long sur la question? De mon temps, on parlait de la cigogne.»

«C'est quoi, une cigogne?» a demandé Mousse.

«C'est un gros oiseau.»

«Comme Gros Oiseau dans *Un, rue Sésame?*»

«Pas tout à fait.»

«J'aime beaucoup les oiseaux», a déclaré Mousse. «Quand je serai grand, je veux être un oiseau.»

«Tu ne peux pas être un oiseau», a dit Mamie.

«Pourquoi?»

«Parce que tu es un petit garçon.»

«Et alors?» a rétorqué Mousse, et il s'est mis à rigoler comme un fou en faisant des galipettes.

Mousse a continué à entretenir tout le monde de son sujet favori. Il a tout expliqué à sa classe du jardin d'enfants, et sa maîtresse a été si impressionnée qu'elle a téléphoné et demandé à Maman de venir à l'école. Les enfants avaient un tas de questions à lui poser. Alors Maman s'est rendue dans la classe de Mousse et ça lui a tellement plu qu'elle m'a proposé de venir aussi dans la mienne. Moi, je lui ai répondu: «Non merci!»

Je n'avais raconté à personne qu'elle attendait un bébé, sauf à Jimmy Fargo. A lui, je raconte tout.

Et puis Sheila Tubman le savait aussi, parce qu'elle habite dans notre immeuble. Alors elle pouvait le voir, que Maman était enceinte.

«Elle est drôlement vieille pour avoir un bébé, non?» m'a demandé Sheila un après-midi.

J'ai répondu: «Elle a trente-quatre ans.»

Sheila a ouvert la bouche. «Oh, alors elle est vraiment vieille!»

«Elle n'est pas aussi vieille que ta mère.»

Je n'avais pas la moindre idée de l'âge de Mme Tubman, mais la sœur de Sheila, Libby, a treize ans, alors je me suis dit que Mme Tubman devait être plus vieille que Maman.

«Mais tu ne vois quand même pas ma mère avec un bébé, hein?» a demandé Sheila.

«Non... mais...» Je ne trouvais rien à répondre. Et puis je ne comprenais pas où elle voulait en venir, de toute façon.

Quand je suis monté, j'ai demandé à Maman: «Dis, trente-quatre ans, tu ne crois pas que c'est vieux pour avoir un bébé?»

«Je ne trouve pas», a répondu Maman. «Pourquoi?»

«Je me demandais.»

«Mamie a eu Tante Linda à trente-huit ans.»

«Oh.» Alors ma mère n'était pas la plus vieille du monde dans ce domaine. Et Sheila racontait n'importe quoi, comme d'habitude.

*
* *

Le vingt-six février, pendant que ma classe visitait le Metropolitan Museum of Art, ma sœur est née. Plus tard, j'ai découvert qu'elle était née à 14 heures 04 précises, juste quand nous étions dans la Salle Égyptienne, en train d'étudier les momies.

Ils l'ont appelée Tamara Roxane, mais pendant des semaines tout le monde a dit Le Bébé. «Le Bébé pleure.» «Le Bébé a faim.» «Chut… Le Bébé dort.»

Bientôt, au lieu de l'appeler Le Bébé, Maman a commencé à dire des trucs idiots, du genre: «Comment va ma petite Tootsie-Wootsie?» Comme si Le Bébé pouvait lui répondre. «Elle a besoin qu'on la change, ma petite Tootsie-Wootsie?» Oui, presque à tous les coups! «Elle a faim, ma petite Tootsie-Wootsie?» Oui, presque à tous les coups!

Et la petite Tootsie-Wootsie à sa maman ne dormait jamais plus de deux heures d'affilée. Toutes les nuits ses hurlements me réveillaient. Tortue, qui dormait au pied de mon lit, se réveillait aussi. Et il se mettait à hurler avec elle. Joli duo!

*
* *

A un mois, tout le monde l'appelait Tootsie. Moi, j'ai tout de suite vu que ça tournerait mal. J'ai essayé de mettre mes parents en garde. «Quand elle ira à l'école, tous les enfants vont la taquiner avec un nom pareil. Ils vont l'appeler Tootsie Roll, Carambar, quoi. Ou pire encore!»

Maman et Papa se sont contentés de rire. «Oh, Peter, ce que tu peux être drôle.»

Sauf que je n'étais pas drôle du tout. Je savais de quoi je parlais. Mais je ne pouvais rien y changer. J'avais déjà un frère qui s'appelait Mousse, Caramel, quoi. Et maintenant une sœur qui s'appelait Tootsie, Carambar.

Peut-être que mes parents, c'était une confiserie qu'ils voulaient. Je me demandais par quel miracle j'avais pu y échapper, moi.

Tootsie était beaucoup plus petite que je pensais, mais elle était costaud. J'ai découvert ça quand Mousse a essayé de lui arracher les doigts de pieds. «Je voulais juste voir ce qu'il allait se passer», a-t-il expliqué quand Tootsie a crié.

«Ne recommence *jamais!*» a grondé ma mère. «Qu'est-ce que tu dirais si Peter essayait de t'arracher les doigts de pieds?»

Celle-là, elle m'a fait éclater de rire.

«Peter sait que mes doigts de pieds ne s'en vont pas», a répondu Mousse.

«Eh bien, ceux de Tootsie non plus!» a rétorqué Maman.

Un après-midi, quand je suis rentré de l'école, Tootsie n'était pas dans son berceau. Je me suis dit que Maman devait lui donner à manger, alors je suis allé dans sa chambre pour dire bonjour. Maman était allongée sur son lit, les mains sur ses yeux.

«Bonjour, où est Tootsie?»

«Dans son berceau, elle dort», a marmonné Maman.

«Non, elle n'y est pas.»

«Bien sûr que si. Je viens de la coucher.»

«J'ai regardé dans son berceau et je t'assure, elle n'y est pas.»

Maman a enlevé les mains de ses yeux. «Qu'est-ce que tu dis, Peter?»

«Maman, Tootsie n'est pas dans son berceau. C'est tout.»

Maman a bondi. «Mais alors, où est-elle?»

Nous avons tous les deux pris le couloir en trombe jusqu'à notre ancien coin salle à manger.

Maman a regardé dans le berceau, Tootsie n'y était pas.

«Oh non!» a crié Maman. «On l'a kidnappée.»

«Mais qui en voudrait?» J'ai regretté tout de suite d'avoir dit ça.

«Appelle la police, Peter…» a dit Maman. «Non,

attends, appelle d'abord Papa… non, appelle plutôt la police… c'est le 911…»

«Une petite minute, Maman», j'ai dit. «Et Mousse, où il est?»

«Mousse? Dans sa chambre, je pense. Il écoutait des disques quand j'ai couché Tootsie pour la sieste.» Elle est restée pensive un instant. «Tu ne crois pas que…»

Nous avons foncé vers la chambre de Mousse. Assis par terre, il jouait avec ses petites voitures et écoutait *Puff Le Dragon Magique* sur son tourne-disque.

«Où est Tootsie?» a dit Maman.

«Tootsie?» a repris Mousse, avec le même ton que moi quand j'essaie de ne pas répondre à une question.

«Oui, Tootsie!» a répondu maman, plus fort.

«Elle se cache», a déclaré Mousse.

«Qu'est-ce que tu racontes?»

«On joue à un jeu», lui a expliqué Mousse.

«Qui joue à un jeu?» a demandé Maman.

«Nous», a dit Mousse. «Moi et Tootsie.»

«Tootsie ne sait pas jouer. Elle est trop petite pour jouer.»

«Mais je l'aide», a répondu Mousse. «Je l'aide à se cacher.»

«Mousse», a dit Maman, et de toute évidence, ça allait bientôt barder, «où est Tootsie?»

«Je peux pas te le dire. Elle serait furieuse.»

Juste quand ma mère allait exploser, j'ai eu une idée. «On va jouer à cache-tampon», j'ai proposé à Mousse. «Tu me suis, et quand je me rapproche de Tootsie, tu dis *tu chauffes,* et quand je m'en éloigne, tu dis *tu refroidis.* Pigé?»

«J'aime bien jouer», a déclaré Mousse.

«Okay… prêt?»

«Prêt.»

«Allons-y.» J'ai longé le couloir jusqu'à la salle de séjour.

«Tu refroidis… tu refroidis… tu refroidis…» chantonnait Mousse. Je suis allé dans la cuisine. «Tu refroidis… tu refroidis… tu refroidis.»

Je suis passé dans l'entrée.

«Tu chauffes… oh, tu chauffes!» a crié Mousse.

J'ai ouvert le vestiaire.

«Tu brûles… attention, tu brûles.» Il sautait sur place comme un enragé en tapant des mains.

Tootsie était par terre dans le vestiaire et dormait à poings fermés dans son transat. Maman l'a prise dans ses bras. «Oh, Dieu merci, ma petite Tootsie-Wootsie n'a rien!» Maman a été la recoucher dans son berceau. Et puis elle a explosé: «C'est très vilain ce que tu as fait là. Je suis très en colère, Mousse.»

«Mais Tootsie adore jouer.»

«Est-ce que tu l'avais déjà cachée, avant?»

«Oui.»

«Ne recommence *jamais*. C'est compris?»

«Oui.»

«Il ne faut pas la trimballer n'importe comment.»

«Elle n'est pas lourde.»

«Mais on doit porter les bébés avec précaution.»

«Comme les mamans chats portent leurs petits?» a demandé Mousse.

«C'est ça», lui a dit Maman.

Mousse a rigolé. «Mais tu ne portes pas Tootsie dans ta bouche.»

«Non, c'est vrai. Mais je la porte avec beaucoup de précautions, pour la protéger.»

«Dis Maman, tu m'aimes?»

«Oui, très fort.»

«Alors débarrasse-toi de Tootsie», a demandé Mousse. «Elle m'énerve. Elle est pas rigolote.»

«Elle va le devenir, rigolote. Et elle pourra jouer à cache-cache avec toi. Mais tu dois attendre un peu. C'est encore un peu tôt.»

«Je veux pas attendre. Je veux que tu te débarrasses d'elle. Tout de suite.»

«Tootsie est notre bébé…»

«C'est moi, ton bébé!»

«Tu es mon petit garçon.»

«Non, je suis ton bébé.»

«D'accord», a dit Maman, «tu es mon bébé toi aussi.»

«Alors prends-moi dans tes bras, comme Tootsie.»

Maman a ouvert les bras et Mousse s'y est précipité. Il a posé la tête sur l'épaule de Maman, a fourré ses doigts dans sa bouche et s'est mis à les sucer.

Je sais que c'est bête, mais une petite minute, moi aussi j'ai eu envie de redevenir le bébé de Maman.

*
* *

Après cette histoire, dès que nous avions de la visite, Mousse essayait de vendre Tootsie. Il demandait: «Il vous plaît, le bébé?»

«Oh oui... quel amour.»

«Je vous le vends vingt-cinq cents.»

Et comme ça ne marchait pas, après il a essayé de la donner, Tootsie. «On a un bébé, là-haut, je vous le donne pour rien», il annonçait à tous les passants dans la rue.

Et comme ça ne marchait toujours pas, il a essayé de *payer* pour que quelqu'un *l'emporte*. «Emmenez-la chez vous pour toujours, et je vous donne vingt-cinq cents.»

Il a essayé avec Sheila Tubman.

«Ma mère m'a raconté que Libby aussi voulait se

débarrasser de moi quand je suis née», a dit Sheila.

J'ai pensé : *Comment lui en vouloir ?*

«Mais ça lui a passé et ça te passera aussi», a-t-elle expliqué à Mousse.

Mousse a lancé un coup de pied à Sheila. Et puis il a pris le couloir ventre à terre.

Sheila s'est penchée sur le berceau de Tootsie. «Heureusement pour elle qu'elle ne te ressemble pas, Peter.»

«Et qu'est-ce que ça veut dire, ça?»

«Regarde-toi dans une glace. Guili guili guili...» a-t-elle dit à Tootsie.

«Nous lui parlons comme à une grande personne.»

«Mais ce n'est pas une grande personne», a rétorqué Sheila, «c'est un bébé.»

«Oui... mais pas la peine de lui faire ces bruits idiots.»

«Mais elle aime ça. Regarde... quand je la chatouille sous le menton, elle sourit.»

«On dirait qu'elle sourit, mais en fait elle va roter.»

«Oh non... Tootsie sourit rien que pour moi, hein que tu me souris, ravissante petite chose?»

Ça ressemblait vraiment à un sourire. Mais personne ne penserait à sourire à Sheila Tubman, même pas un bébé.

Cette nuit-là, Mousse a grimpé dans le berceau de Tootsie. « C'est moi le bébé », a-t-il dit. « Ga ga ga. »

Papa l'a sorti du berceau. « Tu es un grand garçon et tu vas dormir dans un lit-de-grand-garçon. »

« Non, je suis pas un grand garçon. Je suis un bébé. Ouin ouin ouin… »

J'ai décidé qu'il était temps d'avoir une petite conversation avec ce gamin. « Hé, Mousse… tu veux que je te lise une histoire ? »

« Oui. »

« Okay… va te coucher, j'arrive. »

Je me suis brossé les dents et j'ai enfilé mon pyjama. Quand je suis entré dans la chambre de Mousse, il était assis dans son lit, avec son livre préféré ouvert sur les genoux : *Arthur le mangeur de fourmis.*

Je me suis assis à côté de lui. « Tu n'en as pas assez de faire le bébé ? »

« Non. »

« Je croyais que tu voulais être comme moi. »

« C'est vrai. »

« Eh bien, tu ne peux pas en même temps être un bébé et être comme moi. »

« Pourquoi ? »

« Euh… parce que les bébés ne savent rien faire. Ils mangent, ils dorment et ils pleurent, c'est tout. Ils ne sont même pas marrants. »

«Alors pourquoi tout le monde la trouve tellement intéressante, Tootsie?»

«Parce qu'elle est toute nouvelle. Ils vont vite se fatiguer, tu vas voir. C'est mieux d'être plus grand.»

«Pourquoi?»

«On a plus de privilèges.»

«C'est quoi, des *privilèges*?»

«Ça veut dire qu'on a le droit de faire des trucs qu'elle, elle ne peut pas.»

«Comme quoi?»

«Comme se coucher tard et... euh... regarder la télé... et tout un tas de trucs.»

«Mais j'ai pas le droit de me coucher tard. *Toi,* tu peux.»

«C'est parce que je suis le grand frère. Toi, tu auras le droit de te coucher plus tard que Tootsie.»

«Quand?»

«Quand elle aura quatre ans et toi huit. Tu auras le droit de te coucher beaucoup plus tard. Et tu iras à l'école, et tu sauras lire et écrire, et pas elle. Et euh...»

«Lis», a demandé Mousse, en se glissant sous ses couvertures.

«Alors, tu vas arrêter de faire le bébé?»

«Je vais y réfléchir.»

«Bon, c'est déjà ça.»

Mousse s'est endormi avant la fin du livre. J'ai remonté ses couvertures et j'ai éteint la lumière. Et puis j'ai été dans la salle de bains et je me suis regardé de très près dans la glace. Qu'est-ce qu'elle voulait dire, Sheila Tubman? J'avais toujours la même tête. Et pourquoi est-ce qu'elle pensait que Tootsie avait de la veine de ne pas me ressembler? Bien sûr, il y avait mes oreilles. Ces derniers temps, elles avaient l'air trop grandes. J'ai essayé de les aplatir de chaque côté de ma tête. J'ai pensé : *pas mal. Je devrais peut-être les coller avec du Scotch tous les matins avant de partir à l'école. Mais ça serait drôlement compliqué. Si je me laissais pousser les cheveux, on ne les verrait plus. Oui, c'est ce que je devrais faire. Me laisser pousser les cheveux jusqu'à ce qu'ils me couvrent les oreilles.* J'ai bâillé. Quand je bâille devant la glace, je peux voir mes amygdales.

Je suis allé dans ma chambre, je me suis couché et je me suis endormi tout de suite. Quelle importance, ce que pouvait penser Sheila Tubman!

Chapitre 3
Un autre truc formidable

Chez nous, la vie avait changé du tout au tout. Le soir, Papa rentrait à la maison les bras chargés de sacs d'épicerie et c'est lui qui nous préparait à dîner. La machine à laver tournait sans arrêt. Chaque fois que Tootsie buvait son biberon et faisait son rototo, elle vomissait. Il fallait la changer au moins six fois par jour. Mousse a recommencé à faire pipi dans sa culotte, et puis pipi au lit. Maman et Papa ont dit que ce n'était qu'une phase qu'il traversait et que s'ils savaient se montrer patients, ça passerait. J'ai proposé de lui remettre des couches, mais personne d'autre que moi n'a trouvé que c'était une bonne idée.

Un après-midi, Maman a fondu en larmes. Juste devant moi. «Qu'est-ce qu'il y a?» ai-je demandé.

«Je suis si fatiguée, c'est tout. Il y a tellement à faire. Des fois, je me dis que je n'arriverai jamais au bout de la semaine.»

«Ça t'apprendra à faire un autre bébé!»

Elle n'en a pleuré que plus fort. Je déteste voir ma

mère pleurer. Et puis là, je la plaignais et en même temps j'étais en colère contre elle.

Il y avait aussi Mamie, qui venait quelques jours par semaine pour donner un coup de main. Et Libby Tubman, que Maman payait pour s'occuper de Mousse après l'école. Moi, je restais chez Jimmy Fargo jusqu'à l'heure du dîner. Personne n'avait l'air de s'ennuyer de moi à la maison, de toute façon.

*
* *

Vers la mi-mai, ça allait mieux. Tootsie dormait plusieurs heures d'affilée pendant la journée, et encore plus longtemps la nuit. Papa et Maman préparaient le dîner ensemble. Et Maman parlait de retourner à l'université passer un diplôme d'histoire de l'art, ce qui m'a beaucoup étonné. Parce qu'avant ma naissance, elle était assistante dentaire.

«Pourquoi de l'histoire de l'art?»

«Parce que ça m'intéresse», a-t-elle répondu.

«Et les dents, alors? Ça ne t'intéresse plus, les dents?»

«Si, voyons», a dit Maman. «Mais pas autant que l'histoire de l'art. J'ai besoin de changement.»

«Et avoir Tootsie, ce n'est pas un changement suffisant?»

«Si, mais dans quelque temps elle sera grande,

elle ira à l'école, et moi je serai contente d'avoir un métier.»

«Oh!» j'ai dit, sans très bien comprendre, je crois.

*
* *

Le dernier jour d'école, on a organisé une fête en classe, avec des petits gâteaux et du Punch des Isles. J'en ai bu huit gobelets. Le Punch des Isles, c'est ma boisson préférée. Ma drogue, dit Maman. Et à ça je lui réponds: «C'est vrai, ouvre-moi les veines et tu y trouveras sept parfums naturels de fruits à la place du sang.» Après en avoir bu huit gobelets à la file, et avoir pris l'autobus pour rentrer à la maison, et avoir marché jusqu'à mon immeuble, et avoir attendu l'ascenseur, et avoir dévalé le couloir jusqu'à notre appartement, et avoir sorti ma clef et ouvert la porte, j'avais vraiment besoin d'aller à la salle de bains. *Vraiment*, sans exagérer.

Mais Mousse y était déjà; assis sur la cuvette des cabinets, il tournait les pages d'*Arthur le mangeur de fourmis*.

«Dépêche-toi! J'ai besoin d'y aller.»

«Ce n'est pas bon pour moi, de me dépêcher», a rappelé Mousse.

Alors j'ai couru jusqu'à la chambre de Maman, mais la porte de la salle de bains était fermée.

«Maman…» j'ai crié en martelant la porte avec mes poings.

«Je ne t'entends pas bien… Je suis sous la douche. J'aurai fini dans cinq minutes. Va jeter un coup d'œil sur Tootsie, tu veux?»

Alors je suis reparti en courant vers ma salle de bains mais Mousse n'avait pas bougé. «Allez. Il y a urgence. J'ai bu huit gobelets de Punch des Isles, cet après-midi.»

«Et moi, deux verres de Choco.»

«Et si tu me laissais la place rien qu'une petite minute?»

«Ce serait pas bon pour moi.»

«Allez, Mousse!»

«J'arrive pas à *penser* quand tu es là.»

«Et à quoi faut-il que tu penses?»

«A faire, tiens!»

J'aurais pu l'ôter de là par la force. Mais maintenant qu'il ne faisait plus pipi dans sa culotte, nous étions tous censés l'encourager à utiliser les cabinets. Alors j'ai repris le couloir en trombe, en pensant que Tootsie avait bien de la chance, elle qui peut faire n'importe où et n'importe quand.

Et puis je me suis souvenu que la maîtresse nous avait lu un livre sur la vie en Angleterre au dix-huitième siècle. En ce temps-là, les gens avaient des pots de chambre et pas des cabinets. Ce que j'aurais aimé avoir un vieux pot de chambre sous la main! J'étais de plus en plus désespéré. Je me suis précipité dans la salle de séjour et j'ai regardé autour de moi. Nous avons une grande plante dans un coin. Elle fait plus d'un mètre de haut. *J'y vais ?* je me suis demandé. *Non, c'est dégoûtant!* j'ai pensé. J'ai desserré la boucle de ma ceinture.

Juste à ce moment, Mousse a crié: «Ça y est... Pee-tah... j'ai fini. Viens tirer la chasse.»

Mousse refuse de tirer la chasse. Il a peur d'être emporté dans les tuyaux. Mais ce n'était pas le jour pour essayer de le persuader qu'il avait tort. J'ai enfilé le couloir ventre à terre et je me suis soulagé.

*
* *

Ce soir-là, nous étions tous assis devant la télé à la salle à manger. Je tenais Tootsie sur mes genoux. Elle a poussé un petit soupir tout doux. Elle ressemble beaucoup à Tortue quand il dort. Je peux dire de quoi il rêve rien qu'en écoutant les bruits qu'il fait. Et des fois, quand il fait un cauchemar, il pousse des cris et il tremble. Alors je le caresse jusqu'à ce qu'il se calme.

C'est pareil avec Tootsie. Elle dort à poings fermés, mais elle fait de drôles de petits bruits, ou elle pousse des cris et se tortille dans tous les sens. Ou alors elle remue les lèvres comme si elle tétait son biberon. Je parie qu'elle rêve tout le temps qu'elle mange. Mais ce que je préfère, ce sont ses petits soupirs, parce que je sais qu'elle est contente. Et elle est toute douce et toute chaude, couchée comme ça dans mes bras. C'est délicieux.

Dès la fin de l'émission, Papa a éteint la télé et puis il s'est tourné vers nous et il a dit : « Nous avons de très bonnes nouvelles à vous annoncer, les garçons. »

« Oh non, pas encore », j'ai dit, en baissant les yeux vers Tootsie.

Maman et Papa ont éclaté de rire. « C'est autre chose, cette fois-ci », a dit Papa.

« Et c'est intéressant ? » a demandé Mousse, en poussant ses petites voitures sur le tapis à une allure d'enfer. « Vroum... vroum... vroum. »

« Oui, très intéressant », a dit Maman.

« Allez, assez de suspense. Racontez. »

« *Suspense,* c'est comme *privilège ?* » a demandé Mousse.

« Non. Et maintenant tais-toi et écoute. » J'ai regardé mon père. « Alors ? » Parce que leur idée de ce qui est intéressant et mon idée de ce qui est intéressant ne concordent pas obligatoirement.

« Nous allons nous installer à Princeton », a déclaré Papa.

« On quoi ? » Je voulais sauter sur mes pieds, mais

36

je ne pouvais pas. Pas avec Tootsie sur les genoux.

« Princeton, c'est à côté du parc ? » a demandé Mousse, en faisant rouler sa petite voiture rouge le long de la jambe de Maman.

« Non, idiot, c'est dans le New Jersey. »

« Et le New Jersey, c'est à côté du parc ? » a insisté Mousse.

« Pas de Central Park », a précisé Maman.

« Mais Central Park ne te manquera pas », a ajouté Papa, « parce que là-bas tu auras une arrière-cour toute pour toi. »

« C'est quoi une arrière-cour ? » a demandé Mousse.

« C'est comme un petit parc », lui a dit Maman.

« J'aurai mon parc à moi ? » a demandé Mousse.

« Plus ou moins », a dit Papa, pour lui clouer le bec.

« Et l'histoire de l'art, alors ? » j'ai demandé à Maman.

« Eh bien ? »

« Je croyais que tu allais retourner en classe pour apprendre l'histoire de l'art. »

« L'université de Princeton a une section d'histoire de l'art. Je prendrai peut-être des cours là-bas. »

« Et puis ce n'est que pour un an », a précisé Papa, en me regardant. « Pour voir si ça nous plaît d'habiter loin de la ville. »

«Loin... loin... loin...» a chantonné Mousse.

On ne peut pas discuter devant lui. C'est inutile. Ils ne s'en rendaient donc pas compte, mon père et ma mère?

«Nous partons la semaine prochaine», a déclaré Papa.

«Et le Maine, alors?» j'ai demandé. Nous allons toujours passer deux semaines dans le Maine, l'été.

«*M.a.i.n.e s'épelle Maine*», a chanté Mousse. «*M.a.i.n.e.*»

«Comment se fait-il qu'il sache épeler *Maine*?» a demandé Maman à Papa.

«Pas la moindre idée», a répondu Papa.

J'ai insisté: «Alors? On y va, dans le Maine?»

«Nous allons à Princeton, à la place», m'a répondu Papa.

«A la place... à la place... à la place...» a gazouillé Mousse.

«Tais-toi!» Et puis, aussi fort, j'ai ajouté: «Je déteste Princeton!»

«Mais tu n'y as jamais été», a protesté Maman.

«Oh si, je connais. On y a été voir vos affreux amis. Ceux qui nous ont servi ce dîner atroce... des crevettes, des champignons et des épinards, tout ensemble. Et moi, j'avais drôlement faim, mais ils ne m'ont rien donné d'autre. Même pas un petit morceau de pain en plus... je me souviens...»

«Tiens, c'est vrai», a reconnu Maman. «J'avais complètement oublié cette journée chez George et Millie.»

«Tu oublies tout ce qui compte!»

«Ecoute, Peter» a dit Papa. «Nous espérions que ça te plairait, d'habiter Princeton. Nous avons déjà loué une maison là-bas. Justement, celle de Millie et George. Eux vont passer l'année en Europe.»

«Cette vieille bicoque!»

«Ce n'est pas une bicoque. C'est une superbe vieille maison. Et nous nous sommes arrangés pour sous-louer notre appartement. Alors je voudrais que tu ne te butes pas sur cette histoire.»

«Butes… butes… butes…» a chantonné Mousse.

«Vous auriez quand même pu m'en parler d'abord. C'est comme pour Tootsie. Mais vous ne me dites jamais rien. Et tiens», j'ai dit en poussant Tootsie dans les bras de Papa. «Pourquoi tu ne le tiendrais pas toi, ton idiot de bébé… moi, j'ai des trucs à faire.» Je me suis levé et j'ai traversé la salle de séjour à grandes enjambées, en shootant au passage dans les petites voitures de Mousse. Le temps que j'arrive dans ma chambre, il pleurait. *Tant mieux.*

Et puis Tootsie s'y est mise aussi. *Encore mieux!*

Et puis Tortue a commencé à aboyer. *Qu'ils en bavent!*

J'ai claqué la porte de ma chambre, et ma carte a encore atterri sur mon lit.

*
* *

Je crois que je me suis endormi tout habillé, parce que tout d'un coup j'ai senti Maman me secouer en disant: «Allez, Peter... déshabille-toi et file sous les couvertures. Il est tard.»

J'ai marmonné: «Trop chaud pour les couvertures...»

«Bon... si tu veux dormir tout habillé cette nuit, libre à toi. Mais au moins retire tes tennis.»

J'ai répondu, tout ensommeillé: «... sont bien où elles sont.»

«Bon. Si tu veux dormir avec tes tennis, rien que pour cette nuit...»

«Peut-être toutes les nuits...»

Maman a fait celle qui n'avait rien entendu. «Peter... pour Princeton...» a-t-elle commencé.

J'ai levé la main. «Non, on n'en parle pas.»

«Tu n'as pas besoin de parler. Ecoute, c'est tout.»

«Trop fatigué pour écouter.»

«Bon. Nous verrons ça demain, alors.»

«De toute façon, je ne peux rien y changer... c'est comme pour Tootsie... je n'ai rien pu y changer non plus.»

40

«Mais c'est fini, elle ne t'embête plus maintenant, hein?»

«Je m'y suis habitué.»

«Tu t'habitueras aussi à Princeton. Tu verras.»

Et elle a commencé à me raconter où j'irai en classe, mais j'étais à moitié endormi et je n'écoutais que d'une oreille jusqu'à ce qu'elle me dise un truc dans le genre... avec *ton petit frère dans la même école que toi.*

Alors là, je me suis assis dans mon lit, complètement réveillé. «Qu'est-ce que tu as dit?»

«A propos de quoi?»

«A l'instant... à propos de Mousse et de l'école?»

«Oh... nous lui avons fait passer des tests. Et bien qu'il soit encore un peu jeune, nous allons pouvoir l'inscrire à la maternelle. Après tout, il a passé une année entière au jardin d'enfants, et il sait compter par dizaines et réciter l'alphabet, il connaît les mois de l'année et les jours de la semaine et les couleurs et... il sait même épeler *Maine.*»

«Ouais... ouais... Nous savons tous que ce petit est un génie. Mais tu as dit autre chose... qu'il irait dans la même école que moi ou un truc dans le genre?»

«Mais, oui. Tu seras en sixième et lui à la maternelle. Ce sera rigolo, non?»

«*Rigolo!*» Et puis quoi encore! J'ai sauté de mon lit

et attrapé mon sac Adidas. «Tu crois déjà que c'est rigolo de changer d'école? Je ne connais personne là-bas. Alors pas question qu'en plus j'aille en classe avec le petit monstre. Tu ne comprends vraiment rien, hein?»

J'ai ouvert les tiroirs de ma commode et j'ai fourré les vêtements dans mon sac. «Cette fois-ci, je m'en vais *pour de vrai!*»

«Peter, mon cœur...» a dit Maman. «Tu ne vas pas prendre la poudre d'escampette chaque fois que tu apprends une nouvelle que tu crois mauvaise.»

«Je ne le *crois* pas, j'en *suis sûr!*»

«Et puis tu sais, se sauver ne résout rien.»

«Pour toi, peut-être pas... mais pour moi, si.» J'ai lancé dans mon sac mes gants de base-ball, mes jeans préférés, la moitié de mes bandes dessinées, quelques-unes de mes petites cartes de géo et une ou deux cassettes.

«Tu veux que je te prépare un sandwich au beurre de cacahuètes pour emporter avec toi?» a demandé Maman avec un sourire.

«N'essaie pas de m'embobiner comme un môme! parce que je ne blague pas... je m'en vais!»

Elle a arrêté de sourire. «Je comprends ce que tu ressens... mais Papa et moi nous pensions...»

«Papa et toi vous ne pensez pas comme moi, voilà.»

«Je commence à m'en apercevoir.»

«Et si vous m'aimiez rien qu'un petit peu... rien qu'un tout petit peu... vous n'auriez pas fait ça. Non, vous n'auriez pas fait ça!»

«Peter, nous t'aimons beaucoup. C'est une des raisons pour lesquelles nous allons nous installer à Princeton. Et nous n'avons même pas eu le temps de t'annoncer la vraiment grande nouvelle.»

«Ah, parce que ce n'est pas fini? Je meurs d'impatience de tout savoir.»

«Papa quitte son travail pour l'année.»

J'ai interrompu mes préparatifs. «Il démissionne de l'agence?»

«Non.»

«Il a été renvoyé?»

«Non.»

«Eh ben quoi, alors?»

«Il prend un congé sans solde. Attends... il tient à te l'annoncer lui-même.» Elle est allée sur le pas de ma porte et elle a appelé: «Warren... Warren... tu peux venir ici un moment?»

«Attends, je change Tootsie», a répondu Papa. «J'arrive dans une minute.»

«Je croyais que Papa n'avait jamais changé une couche de sa vie.»

«C'est vrai. Il s'y est mis depuis la naissance de Tootsie.»

«Qu'est-ce qu'il y a de si différent quand on la change *elle*?»

«Rien. C'est simplement que Papa s'est rendu compte qu'il avait laissé passer quelque chose jusque-là, et il ne veut pas recommencer la même erreur.»

«Il est tellement occupé à changer Tootsie qu'il n'a plus de temps pour les autres!»

«Peter, ce n'est pas juste», a dit Maman.

«Pas juste, qu'est-ce que tu en sais, toi?»

Papa est arrivé dans ma chambre, il sentait la lotion pour bébé.

«J'ai annoncé à Peter que tu avais une surprise pour lui», a dit Maman.

«Je prends une année de congé», a déclaré Papa. «J'aurai plus de temps à consacrer à ma famille, je travaillerai à la maison. Je vais écrire un livre.»

«Un livre?»

«Eh oui. Sur l'histoire de la publicité et son influence sur le peuple américain.»

«Tu ne pourrais pas écrire quelque chose de plus intéressant? Par exemple, un livre sur un enfant qui quitte sa famille parce que ses parents décident de déménager sans lui demander son avis.»

«Ça me paraît une très bonne histoire», a dit Papa. «Et si tu l'écrivais, toi?»

«Je l'écrirai peut-être. Mais j'aimerais savoir comment on va manger, si tu ne travailles plus.»

«Nous avons quelques économies… et on me donnera sans doute une avance sur mon livre.»

«Donne-lui une chance, Peter», a plaidé Maman.

Je lui ai dit: «J'y réfléchirai. Mais si demain matin je ne suis plus là, ne t'étonne pas.»

Et puis, venant de l'autre chambre, nous avons entendu la chanson que Mousse se chantait pour s'endormir. «*M.a.i.n.e.* s'épelle *Maine. Mousse* s'épelle *M.o.u.s.s.e. P.e.t.e.r.* s'épelle *Pee-tah. B.i.è.r.e.* s'épelle *Whisky.*»

«Vous entendez ça? Ce petit va avoir un succès fou à la maternelle.»

Chapitre 4
Je décroche

J'ai parlé de Princeton à Jimmy Fargo.

Il a demandé, comme s'il n'en croyait pas ses oreilles: «Tu déménages?»

«Pas tout à fait. On ne part qu'un an.»

«Tu déménages!» a-t-il répété. «Je n'arrive pas à y croire!»

«Moi non plus.»

«Tu n'es pas *obligé* de déménager. Tu pouvais rester ici si tu voulais.»

«Tu crois peut-être que je veux m'en aller? Je ne connais personne à Princeton. Tu crois peut-être que je veux aller dans une école où je n'ai pas un seul copain?»

«Alors dis à ton père et à ta mère que tu refuses d'y aller. A ta place, c'est ce que je ferais.»

«Mais où est-ce que j'habiterais?»

«Chez moi.»

«Mais où est-ce que je dormirais?»

«Par terre», a dit Jimmy. «C'est bon pour le dos de dormir par terre.»

Je me suis imaginé dormant par terre pendant un an. Et vivant avec Jimmy et son père. M. Fargo était comédien avant, et maintenant il est peintre. Il peint des tableaux bizarres avec des ronds, des triangles et des carrés. Il est tellement dans la lune que si Jimmy ne le lui dit pas, il oublie d'acheter à manger. Un jour, j'ai ouvert leur réfrigérateur; dedans, il n'y avait qu'une bouteille de vin vide, une demi-pomme et un sandwich salami-oignons si vieux qu'il était devenu tout vert.

«Si tu ne restes pas, je ne te parlerai plus jamais», a décrété Jimmy. «*Jamais,* je ne blague pas!» Il s'est penché et a relacé sa chaussure. Ses lacets sont tout le temps défaits. «Et je vais dire à Sheila Tubman qu'elle peut se servir de ton rocher dans le parc», a-t-il ajouté.

«C'est pas vrai!»

«Chiche.»

«T'es un sacré bon copain, dis donc!»

«Toi aussi!» Jimmy a tourné les talons et il s'est éloigné, les mains enfoncées dans les poches.

J'ai pensé à plein d'autres trucs à dire dès qu'il a eu le dos tourné, mais au lieu de lui courir après, je suis rentré à la maison.

«C'est toi, Peter?» a crié Maman.

«Non!» Je suis allé tout droit dans ma chambre et j'ai claqué la porte derrière moi. J'étais content de ne pas m'être embêté à raccrocher ma mappe-monde. J'ai sorti mon pendule de cristal du grand médium Kreskin. Jimmy me l'a offert pour mon anniversaire, cette année. Quand je n'arrive pas à m'endormir la nuit, je tiens la chaînette au-dessus de la base et je regarde la petite boule se balancer. Je me concentre jusqu'à ce que mes paupières deviennent toutes lourdes et ne demandent plus qu'à se fermer.

J'ai ouvert ma fenêtre juste assez grand pour jeter mon pendule dehors. Je l'imaginais déjà se brisant en milliards de petits morceaux, en bas, sur le trottoir. Oui mais, si jamais j'avais du mal à m'endormir, à Princeton. Comment je ferais ? Je l'ai remis dans sa boîte. Il y avait certainement mieux pour rendre la monnaie de sa pièce à Jimmy Fargo.

Deux heures plus tard, je réfléchissais toujours à un moyen de me venger quand on a sonné à la porte. C'était Jimmy.

«J'ai changé d'idée, et je m'excuse.»

«Ouais... bon... moi aussi...»

«J'étais triste, c'est tout. Je ne veux pas que tu t'en ailles... mais je ne peux rien y changer. Ce n'est pas de ta faute...»

«C'est ce que j'essayais de t'expliquer.»

«Je sais.»

«Bon...»

«Mon père dit que Princeton c'est à une heure de train.»

«C'est vrai.»

«Alors, tout bien réfléchi, je ne donnerai pas ton rocher à Sheila Tubman.»

«Merci. De toute façon, elle ne saurait pas quoi en faire.»

«Et je ne m'en servirai pas non plus tant que tu ne seras pas revenu.»

«Okay. Et moi, là-bas, je ne me servirai pas de mon pendule.»

«Tope là!» a dit Jimmy.

Et on s'est serré la main.

*
* *

Le lendemain matin, quand j'ai pris l'ascenseur avec Tortue, Henry a remarqué: «Vous allez me manquer, toi et ta famille.»

«Sauf Mousse, je parie.»

«Oh si... même ce petit diable me manquera», a dit Henry. «Je n'ai pas oublié le jour où il est monté dans mon ascenseur et où il a appuyé sur tous les boutons à la fois... deux heures il a fallu pour réparer les dégâts.» Henry s'est mis à rire. On aurait cru une otarie. Je m'attends toujours à ce qu'il agite les bras quand il rit. «Et le mignon petit bébé, il va me manquer aussi. Je ne vais pas le voir grandir.»

49

«Bien sûr que si. Nous ne partons que pour un an.»

«C'est ce qu'ils prétendent tous», a marmonné Henry.

Dehors, il faisait gris et froid. Je me suis demandé si le soleil brillait à Princeton. Dans la rue, Tortue s'est mis à renifler par-ci par-là pour trouver un coin qui lui plaise. Je l'ai encouragé à aller dans le caniveau. *A Princeton, il pourra aller où ça lui fera plaisir.* Peut-être même que je n'aurai pas besoin de le promener. Je n'aurai qu'à ouvrir la porte et il sortira gambader dans le jardin. Et je ne serai pas obligé de nettoyer derrière lui non plus.

Depuis qu'à New York est passé ce que j'appelle la loi Besoins-de-Chien, ce n'est plus très rigolo de promener Tortue. D'abord, quand j'ai appris que chaque maître devrait nettoyer derrière son chien, j'ai dit à Maman qu'il n'était plus question que je promène Tortue.

Et Maman a répondu: «C'est bien ennuyeux, Peter. Parce que si tu ne le promènes pas, qui s'en chargera?»

J'espérais que Maman se proposerait. J'espérais qu'elle dirait: «Je comprends que tu te sentes ridicule à l'idée de ramasser les besoins de Tortue...»

Mais elle n'a rien dit. Non, elle a conclu: «Écoute, Peter... il va falloir que tu prennes une décision difficile. Si tu veux garder Tortue, il faudra que tu nettoies derrière lui. Sinon, Papa et moi nous essaierons de trouver une jolie ferme quelque part dans la campagne et...»

Je n'ai pas attendu qu'elle ait terminé. «Envoyer Tortue dans une ferme? Tu rigoles? C'est un chien de ville! C'est *mon* chien!»

«Eh bien alors...» a dit Maman avec un sourire.

J'ai pigé.

Maman m'a acheté un bidule qui s'appelle un ramasse-crottes. C'est une sorte de pelle, attachée à un sac, quand Tortue fait son truc, je le ramasse avec la pelle, je verse dans le sac, je ficelle l'ouverture et je jette le tout dans la poubelle de la rue.

Au début, j'ai eu beaucoup de mal à réussir l'opération. Mais maintenant je m'en sors comme un chef.

C'est quand même drôlement dégoûtant. Presque aussi dégoûtant que les couches de Tootsie. Ah, si je pouvais dresser Tortue à faire dans les toilettes, surtout en hiver, quand je gèle sur place et qu'il prend son temps, tout son temps, avant de se décider! Je sais bien que ce n'est pas sa faute. Ce n'est pas sa faute, s'il est un chien. Et quand il dort au pied de mon lit ou qu'il me lèche les joues, je suis bien récompensé.

Juste au moment où Tortue finissait, j'ai vu arri-

ver Sheila Tubman. Elle remontait la rue en gamba-
dant. «Alors tu déménages, il paraît.»

J'ai hoché la tête, et j'ai ramassé la crotte.

«Chouette! J'avais peur que ce soit une blague.
Vivement que tu t'en ailles! Je n'aurai plus à supporter l'odeur de ton chien dégoûtant.»

«Il n'est pas dégoûtant, mon chien!» j'ai crié, en
nouant le sac.

«Tu l'as déjà reniflé, Peter?»

«Oui, tout le temps.»

«Ben, je parie que tu ne t'en rends même pas
compte parce que tu sens comme lui, voilà.» Elle est
repartie en sautillant.

«Hé, Sheila…»

Elle s'est retournée. «Oui?»

«Tiens, bouffe!»

«Peter Hatcher, tu es dégoûtant!»

«Ça vaut mieux que ce que tu es, toi», j'ai crié,
très content de moi.

«Ah ouais… et c'est quoi?» elle a demandé.

«Moi je le sais, tu n'as qu'à deviner.»

«Ha ha, très drôle. Toi et ton chien dégoûtant,
vous êtes tous les deux *très* drôles!»

«*Happe-la,* Tortue!» Tortue a grogné, et puis il
s'est mis à aboyer, ce qui *était* très drôle, parce qu'il
ne sait pas ce que *happe-la* veut dire. Mais Sheila ne
savait pas qu'*il* ne savait pas, alors elle s'est précipi-

tée en hurlant vers notre immeuble. Et quand Tortue l'a vue partir à toutes jambes, il s'est lancé derrière elle en aboyant comme un enragé, sûr que c'était un jeu. Il m'a arraché sa laisse de la main, et j'ai dû me lancer à ses trousses en criant ! «Tortue, Tortue... au pied, mon beau!» parce qu'il sautait déjà sur Sheila pour lui lécher la figure.

Sheila a continué à hurler.

Finalement Henry est sorti et a demandé : «Mais que se passe-t-il?» Il a dégagé Sheila de Tortue et l'a pris par le collier. J'ai attrapé le bout de la laisse et j'ai caressé la tête de mon chien.

«C'est Peter Hatcher», a pleurniché Sheila. «Il a dit *happe-la* à son idiot de chien qui lui a obéi!»

J'ai protesté : «C'est pas vrai!»

«Si, c'est vrai!»

«Tu ne sais même pas ce que ça veut dire *happe-la*.»

«Si, je sais!»

«Ah ouais... alors?»

«Ça veut dire... c'est comme... aplatir quelqu'un par terre», a dit Sheila. «Tu dis *happe-la* et il me jette à plat sur le trottoir.»

Je me suis mis à rire. «Vous entendez ça, Henry? vous avez entendu ce qu'elle a dit?»

«J'ai entendu», a dit Henry. «Et crois-moi, tu vas rester dehors avec ton chien jusqu'à ce qu'il se soit calmé.» Il s'est tourné vers Sheila. «Viens, ma biche… je te fais monter la première.»

«Je suis drôlement contente qu'il déménage», a reniflé Sheila. «Pourvu qu'il ne revienne jamais. Il devrait y avoir une loi…»

J'en ai rigolé jusqu'au coin de la rue. Je crois que Tortue aussi.

*
* *

Le matin du déménagement, Maman m'a réveillé à six heures. Je devais encore entasser mes trésors dans un carton. Mais d'abord j'avais envie de jus de fruit. J'ai toujours très soif quand je me réveille. En allant à la cuisine, je suis passé devant le berceau de Tootsie. Elle regardait son mobile et gazouillait. Elle était couverte de timbres-prime. Elle en avait partout, sur les bras, sur les jambes, sur le ventre, sur la figure. Elle en avait même un sur le haut de la tête, et deux autres collés sur la plante des pieds. «Hé, Maman…»

«Qu'est-ce qu'il y a?»

«C'est Tootsie.»

«Mais je viens de…»

Je n'ai pas attendu qu'elle termine. «Dépêche-toi, Maman!»

Maman est arrivée à toutes jambes, en boutonnant sa jupe.

«Oh non!» elle a fait quand elle a vu Tootsie. Et puis elle a crié! «Mousse!»

«Bonjour, Maman», a dit Mousse, et il est sorti en rampant de sous le berceau de Tootsie. Il portait son masque – des montures de lunettes noires fixées à un nez en caoutchouc, avec une fausse barbe et une fausse moustache. Il l'a commandé il y a des mois – ça lui a coûté quatre couvercles de boîtes de céréales et vingt-cinq cents.

«C'est toi qui as fait ça à Tootsie?»

«Oui, Maman.» Il avait sa voix petit-garçon-le-plus-gentil-du-monde.

«Pourquoi?» a demandé Maman.

«C'est Tootsie qui a voulu.» Il a escaladé le côté du berceau et a allongé la main pour secouer un peu Tootsie. «Hein, que tu me l'as demandé, ma jolie petite fille, mon joli petit bébé...»

Tootsie a dit! «Aaaa...» et elle a agité les jambes.

«C'est très vilain, ce que tu as fait là!» a grondé Maman. «Et je suis très en colère.»

Mousse lui a embrassé la main. «Je t'aime, Maman.»

«Aujourd'hui, ça ne marchera pas», l'a prévenu, Maman.

«Je t'aime quand même», il a dit, en lui embrassant l'autre main. «Tu es la plus gentille maman du monde. Et ton petit garçon, tu l'aimes?»

«Bien sûr que je l'aime», elle a répondu, «mais je suis quand même très en colère. TRÈS!» Elle a donné une tape sur les fesses de Mousse.

Il a boudé une minute, au bord des larmes, et puis il a changé d'idée. «Ça m'a pas fait mal.»

«Tu en veux une qui fasse mal?» a demandé Maman.

«Non!»

«Alors ne recommence jamais ce genre de plaisanterie, compris?»

«Oui!»

J'ai dit: «Hé, Maman, je croyais que tu étais contre la violence.»

«D'habitude, oui», a reconnu Maman, «mais des fois j'oublie.»

«Écoute… ça ne me gêne pas du tout que tu donnes la fessée à Mousse. Personnellement, je trouve qu'une fessée par jour lui ferait le plus grand bien.»

«Non… non… non…» a crié Mousse, en se tenant le derrière.

«Et pourquoi tu as fait ça, dis?»

«Pour l'échanger contre une bicyclette, la même que la tienne.»

«Tu ne peux pas l'échanger», a dit Maman. «C'est une personne… pas un carnet de timbres.»

«Comme ça, on dirait un carnet de timbres», a dit Mousse.

Maman a pris Tootsie dans ses bras.

«Tu ne trouves pas?» a insisté Mousse, et je voyais bien que Maman se retenait très fort pour ne pas éclater de rire.

J'ai dit: «Tu sais, Mousse, tu décroches... tu décroches *vraiment*.»

«Décroche... décroche...» a chantonné Mousse, en dansant autour de Maman et Tootsie. «Mousse décroche!»

Tootsie a rigolé. Ou bien elle a eu un hoquet. C'est dur de voir la différence.

J'ai suivi Maman dans la salle de bains; elle a posé Tootsie dans le lavabo.

«Deux ans de timbres-prime à l'eau.»

«Au revoir, timbres», a crié Mousse sur le pas de la porte. «Au revoir... au revoir...»

«C'est fini, je ne mettrai plus de timbres de côté», a promis Maman. «Je vais chercher une épicerie qui offre autre chose à ses clients.»

*
*   *

Une heure plus tard, Papa est arrivé avec la camionnette de location; nous l'avons chargée et nous sommes partis.

Dès que nous sommes sortis du Tunnel Lincoln, Mousse a commencé à chanter: «*M.a.i.n.e.* s'épelle *Princeton.*»

«Mais non, imbécile, ça s'épelle *Maine*.»

«Je sais», a répliqué Mousse. «Mais j'invente une chanson.»

«Tu pourrais peut-être l'inventer dans ta tête», a proposé Papa. «Et nous la chanter quand nous arriverons à Princeton. Ce serait une jolie surprise.»

«Une surprise», a dit Mousse. «J'adore les surprises.» Il est resté silencieux une minute. Et puis il a dit: «Tu sais, Papa? Je décroche.»

«Qui t'a dit ça?» a demandé Papa.

«Pee-tah. Hein que c'est toi?» il m'a demandé.

«Ouais. Et j'ai raison.»

«Je décroche», a répété Mousse. «Comme la mappemonde de Pee-tah.» Il a posé sa tête sur l'épaule de Maman et je l'ai entendu suçoter ses doigts. Il avait toujours son masque sur le nez.

Chapitre 5
Plus c'est petit,
plus c'est tendre

Notre maison, enfin, la maison de Millie et George, est si vieille que la baignoire tient debout sur des jambes. Et l'eau chaude et l'eau froide ne sortent pas du même robinet, alors quand on se lave les mains, ou c'est gelé ou c'est brûlant. Maman dit qu'il faut boucher le lavabo et mélanger l'eau dans la cuvette. Mais c'est drôlement compliqué. Au moins, on a échappé aux pots de chambre. Il y a une vraie chasse d'eau qui marche dans les toilettes.

Dehors, la maison est peinte en jaune et les volets sont blancs. Les fenêtres et les portes sont un peu de traviole. Papa dit que ça fait partie du charme de la maison. Je garde mes réflexions pour moi. A l'intérieur, c'est du plancher qui craque dès qu'on pose le pied dessus.

En bas, il y a un salon avec un piano, une salle à manger avec une table si longue qu'il faut hurler pour se faire entendre à l'autre bout, une cuisine avec des poêles et des casseroles accrochées partout, et une bibliothèque où les murs sont couverts de livres rangés par couleurs. Il y a un coin cuir marron, un coin cuir vert, un coin cuir rouge et un coin cuir jaune. En haut, il y a quatre chambres en enfilade. Et partout, des cheminées. Il y en a une dans chaque chambre, une dans le salon, une autre dans la salle à manger et encore une autre dans la bibliothèque. Dans les salles de bains et dans la cuisine, il n'y en a pas.

Ma mère et mon père disent de cette maison qu'elle est *fantastique, fabuleuse, incroyable.* Je les entends raconter tout ça à leurs amis au téléphone, ce sont les mots idiots qu'ils utilisent pour parler d'ici.

Le quartier ressemble beaucoup à notre maison. Il est vieux. Toutes les maisons de la rue ressemblent beaucoup à la nôtre, avec un petit jardin devant et un grand derrière. Dans notre arrière-cour, il y a la roseraie de George et le potager et le jardin de fines herbes de Millie. Le jour de notre arrivée, Papa a acheté une pile de livres avec des titres du genre, *Bien connaître les roses, Bien connaître les fines herbes, Les légumes biologiques et vous,* et mon préféré, *L'agonie des insectes dans votre jardin.*

«Les insectes ne te tracassaient pas à New York, Papa?»

«Ça suffit, Peter», m'a dit Papa.

«Ça suffit, Pee-tah», a répété Mousse.

«Arrête!» je lui ai dit.

«Arrête!» il m'a répondu.

Le nouveau jeu de Mousse consiste à répéter tout ce que je dis. Il me rend vraiment dingue, en ce moment.

«Passe-moi le sel, s'il te plaît», j'ai demandé à Maman.

«Passe-moi le sel, s'il te plaît», il a répété, en riant.

J'ai repoussé ma chaise. «Je n'en peux plus. Je ne blague pas. Faites quelque chose, non?» j'ai supplié.

Mais il avait déjà redémarré. «Je n'en peux plus. Faites quelque chose, non?» Et il a ri si fort qu'il s'est étouffé.

Papa l'a mis la tête en bas et lui a tapé dans le dos. «Je veux que tu arrêtes cette comédie, Mousse. Tu comprends?»

Je ne sais pas pourquoi mes parents passent leur temps à lui demander s'il comprend. Il comprend très bien. Ça n'a strictement rien à voir.

Mousse a hoché la tête.

«Parce que si tu n'arrêtes pas de répéter tout ce que dit Peter, tu auras plus qu'une tape dans le dos, crois-moi. Pigé?»

Je n'ai pas pu m'empêcher de sourire.

*
*   *

Maman a un truc qui s'appelle un Snoogli pour porter Tootsie. Elle le pend autour de son cou et Tootsie s'assoit dedans et se balade tout contre le ventre de Maman. Ça a l'air très confortable. Des fois, c'est Papa qui la transporte comme ça. Maman dit que ça n'existait pas quand j'étais bébé. J'ai raté un tas de bonnes choses.

Chaque soir, après le dîner, nous allons au centre-ville à pied nous offrir des glaces chez Baskin-Robbins. Un soir, Maman m'a proposé de prendre le porte-bébé avec Tootsie dedans.

«Non merci! Pas question que je sorte dans la rue avec un bébé autour du cou.»

«Oh, Peter, ce que tu peux être bête.»

Baskin-Robbins organise un concours. Il faut trouver un nom pour un nouveau parfum de glace. Jusqu'ici j'ai proposé Schnoque Citron, Choco Chic et Malheureuse Menthe.

*
* *

Après deux semaines ou presque à traîner tout seul autour de la maison, j'ai enfin rencontré un garçon de mon âge. Il habite en face, mais il était parti en camp de scouts quand nous sommes arrivés. Il s'appelle Alex Santo et lui aussi il va entrer en sixième. Il est très petit, avec des cheveux qui lui tombent dans les yeux, et il porte toujours le même

T-shirt qui dit *Princeton Promo 91*. Quand je l'ai rencontré, je m'ennuyais depuis tellement longtemps qu'il aurait bien pu avoir trois têtes, pourvu qu'il soit de mon âge et qu'il veuille bien devenir mon copain.

Alex est arrivé un matin et il m'a demandé : «Tu veux t'associer dans mes affaires ?»

«Quel genre d'affaires ?»

«Vers de terre», m'a-t-il précisé.

«Vers de terre ?»

«Ouais, vers de terre.»

«Vers de terre !» a dit Mousse, en sautant en bas du perron. «Asticots asticoteux asticoteux !»

Alex s'est tourné vers lui.

«T'occupe pas, c'est juste mon petit frère.»

«Oh», a dit Alex. «Alors qu'est-ce que tu décides ?»

«Ça marche», j'ai répondu, sans avoir la moindre idée du genre d'affaires de vers de terre dont parlait Alex. «Je commence quand ?»

«Pourquoi pas tout de suite ?» a demandé Alex.

«D'accord. Qu'est-ce que je dois faire ?»

«D'abord, on va les déterrer. Et puis on les vend à Mme Muldour, au bout de la rue. Elle me paie cinq cents le ver.»

«Et qu'est-ce qu'elle en fait ?»

«Elle ne le dit pas. Il y a des gens qui pensent

qu'elle s'en sert pour pêcher. Et d'autres que c'est pour son jardin. Personnellement...» il s'est arrêté et s'est gratté la tête.

«Vas-y... continue...»

«Je pense qu'elle les mange», a déclaré Alex.

J'ai réfléchi une minute. «Tarte à l'asticot?»

«Ouais... et ragoût d'asticots... jus d'asticots...»

«Et soupe aux asticots.» Je commençais à m'échauffer. «Et pain d'asticots.»

«Oh ouais, ça c'est le meilleur», a dit Alex. «Du bon pain bien tendre avec des petits asticots par-ci par-là...»

«On prépare de délicieux sandwiches fromage-asticots avec ce pain-là.» Alors là, on était pliés en quatre, on riait comme des fous.

«Et de la glace à l'asticot», a dit Mousse, en nous sautant dessus.

«De la glace à l'asticot», on a répété en chœur, Alex et moi.

Je me suis dit qu'avec Alex Santo dans ma classe, Princeton ne serait pas si triste que ça.

L'après-midi, Alex et moi nous sommes partis déterrer les vers de terre. Nous sommes allés jusqu'au lac à bicyclette. C'est facile de rouler à bicyclette à Princeton, il y a des pistes cyclables dans toutes les rues. Alex a sorti un seau et deux pelles et nous nous sommes mis au travail. Trouver des vers de terre, c'était facile. Une heure plus tard, nous sommes revenus chez moi.

«Mme Muldour les aime propres, ses vers de terre», m'a prévenu Alex, en branchant le tuyau d'arrosage.

«Normal, si c'est pour la cuisine.»

Nous avons laissé le seau de vers de terre dehors pour entrer boire quelque chose. Quand nous sommes ressortis, Mousse se tenait à côté du landau de Tootsie; il lui en agitait un sous le nez.

J'ai hurlé: «Arrête!» en me précipitant sur lui.

«Pourquoi? Elle aime ça», a dit Mousse. «Regarde...»

Alex et moi avons regardé dans le landau de Tootsie. Elle rigolait à chaque fois que Mousse agitait le ver de terre.

«Tu as raison. Ça lui plaît drôlement. Hé, Maman... viens voir...»

«Qu'est-ce qu'il y a?» a demandé Maman sans lever le nez du carré de légumes biologiques qu'elle désherbait.

«Il faut que tu viennes voir.»

Elle s'est approchée, en s'essuyant les mains sur son jean.

«Regarde, Maman», a dit Mousse, et puis il a sorti le ver de derrière son dos et l'a agité au-dessus du landau de Tootsie.

Elle a ri et gazouillé.

Mais Maman a hurlé: «Sors-moi ce truc de là. Allons, dépêche-toi... jette-moi ça... tout de suite.»

«C'est rien qu'un ver, Maman. Tu n'aimes pas les vers?»

«Non, je n'aime pas ça. Je ne les aime pas du tout. Et je ne veux plus jamais que tu m'en montres un. C'est compris?»

Mousse s'est posé le ver de terre sur le bras et l'a laissé remonter vers son épaule. «Regarde... il est mignon, non? Je vais l'appeler Lulu. Lulu l'Asticot. Et ce sera mon animal à moi. Je dormirai avec lui, et il pourra manger à côté de moi à table, et puis il prendra son bain avec moi...»

«Mousse!»

«Oui, Maman?»

«Je viens de te le dire, je ne veux plus jamais revoir ça. Et je te *défends* de l'emmener dans la maison. Je te *défends* de l'approcher de Tootsie. Tu m'as comprise, cette fois-ci?»

«Tu n'aimes vraiment pas les vers de terre, alors?» a demandé Mousse.

«Non!» a dit Maman. «Pas du tout du tout.»

«Pourquoi?» a demandé Mousse.

«Ça ne s'explique pas.» Maman est retournée désherber le potager.

Mousse l'a suivie.

«C'est toujours comme ça dans ta famille?» s'est inquiété Alex.

«Attends, tu n'as encore rien vu!»

*
* *

En allant chez Mme Muldour, j'ai cru me souvenir que les vers de terre se régénèrent quand on les coupe en deux. Mais je n'étais pas sûr. Alors j'ai demandé à Alex s'il avait déjà essayé.

«Bien sûr», a répondu Alex, «des dizaines de fois.»

«Et qu'est-ce qu'il se passe?»

«Rien. Tu as deux petits vers.»

«Bon. Alors si Mme Muldour te paie cinq cents le ver...»

Un large sourire a envahi le visage d'Alex. «Je vois ce que tu veux dire», il s'est écrié. «Quel idiot, je n'y avais jamais pensé!»

Je n'ai rien dit.

Nous avons étalé nos vers de terre sur le trottoir et nous les avons coupés en deux, sauf un. Celui-là, il était assez gros pour qu'on le coupe en trois. Du coup, au lieu de seize vers, on en avait trente-trois.

Mme Muldour habitait une vieille maison peinte en gris, avec des volets bleus. Alex a sonné. Une dame grande et grosse avec les cheveux de la même couleur que sa maison et des lunettes qui lui tombaient au bout du nez est venue ouvrir. Elle portait des tennis et des blue-jeans et une chemise rouge et blanc.

«Tiens, bonjour Alex... ça fait un bout de temps qu'on ne s'est vus.»

«Bonjour, Mme Muldour», a dit Alex. «J'ai un associé maintenant.»

Elle m'a regardé par-dessus la monture de ses lunettes.

«Je m'appelle Peter Hatcher. Nous venons d'emménager à l'autre bout de la rue.» Elle a continué à me regarder, alors j'ai continué à parler. «Dans la maison des Wentman... Millie et George Wentman... ce sont des amis de mon père et ma mère... nous ne sommes là que pour un an... pour voir si ça nous plaît de ne plus vivre en ville...»

«Ça y est, tu as fini?»

«Oui.»

«Bon. Alors parlons affaires.»

«Nous vous en avons ramassé trente-trois, aujourd'hui, Mme Muldour», a déclaré Alex. «Ils sont beaux comme tout.»

«Trente-trois...» Elle a pris le bocal et les a examinés. «Ils m'ont l'air horriblement petits.»

«Plus c'est petit, plus c'est tendre.»

Là, elle m'a lancé un drôle de regard.

Alors j'ai tout de suite ajouté : «Ils seront plus gros vers la fin de l'été.»

«Ah bon ? J'aurais cru que nous étions en pleine saison.»

«Oh non, ils seront plus gros et plus longs en août ; et dès septembre, ils seront mûrs à point.»

«C'est un fait reconnu ?»

«Uh huh», j'ai grogné, en priant pour qu'elle ne devine pas que je n'y connaissais rien.

«On en apprend tous les jours», a remarqué Mme Muldour. Elle est rentrée et puis est revenue avec son porte-monnaie. «Vous savez, je pourrais aussi bien aller à la station-service acheter mes boîtes de vers, mais à mon avis les vers fraîchement sortis de terre sont bien meilleurs.» Elle a ouvert son porte-monnaie. «Voyons… cinq cents multipliés par trente-trois vers… ça nous fait un dollar et cinquante-cinq cents.» Elle a tendu l'argent à Alex.

«Excusez-moi, Mme Muldour», a dit Alex, «mais ça fait un dollar soixante-cinq.»

Mme Muldour a ri. «Impossible de t'avoir hein, Alex ?»

«Non, Mme Muldour, surtout pas en maths. On vous en rapporte encore plus la semaine prochaine ?»

«Bien sûr. Autant que vous pourrez en trouver. On n'a jamais assez de vers, vous savez ?»

Alex m'a lancé un regard en biais; nous avons remercié Mme Muldour et nous sommes partis. Quand nous avons été assez loin pour qu'elle n'entende pas, Alex a dit: «Plus c'est petit, plus c'est tendre...» et il m'a donné un coup de coude dans les côtes.

«Soupe à l'asticot, ce soir.» Et nous nous sommes écroulés de rire.

*
* *

Après dîner, Maman a pris Tootsie dans son porte-bébé et tous les cinq nous sommes partis chez Baskin-Robbins. Quand nous sommes arrivés, Mousse s'est avancé vers la demoiselle du comptoir et a annoncé: «Glace à l'asticot.»

«Pardon?» a dit la demoiselle.

«Glace à l'asticot.»

«Nous n'en avons pas...»

«Pour le parfum du mois», lui a précisé Mousse, «glace à l'asticot.»

«Tu veux dire...» elle a commencé.

«Oui, c'est ça», j'ai précisé. «Asticot... a.s.t.i.-c.o.t., quoi.»

«Je connais l'orthographe», a répliqué la demoiselle, agacée. «Mais je ne crois vraiment pas qu'il y aurait des amateurs.»

«Si, il y en aurait. Hein, Pee-tah?»

«Bien sûr, il y a des gens, ici, qui trouveraient ça délicieux.»

«Écoutez, les enfants... nous sommes débordés, ce soir, alors arrêtez de jouer au plus fin et dites-moi ce que vous voulez.»

«Moi je voudrais un sundae menthe-paillettes de chocolat avec tout le tralala.»

«Et moi un cornet nappé mousse», a dit Mousse. «Comme mon nom.»

«Ah bon, tu t'appelles Cornet?»

«Non.»

«Alors, c'est Nappé?»

«Non.»

«Bon. Je parie que tu vas essayer de me faire croire que c'est Mousse... hein?»

«Eh oui», a dit Mousse, en se hissant à hauteur du comptoir.

«Charmant enfant», elle a marmonné dans ses dents. «Vraiment charmant.»

Chapitre 6
Farley Drexel affronte
Face de Rat

En août, Tortue avait atteint l'âge de sa première visite médicale et de ses premiers vaccins. Maman et Papa se sont renseignés et se sont décidés pour l'Arche, un hôpital vétérinaire à côté de la grande route. Pour y aller nous avons pris la voiture, traversé la ville, emprunté le pont qui enjambe le lac où Alex et moi avions été aux vers de terre, et puis nous avons remonté une grande côte jusqu'au rond-point. Ils auraient quand même pu trouver plus près.

Tortue tremble toujours quand il va chez le vétérinaire. Je ne sais pas comment il devine qu'on va lui faire ses piqûres, mais il le devine. J'ai essayé de lui parler doucement, de lui dire qu'il n'aurait mal qu'une toute petite seconde, mais il gémissait et se terrait dans un coin.

Sur le chemin du retour, nous nous sommes arrêtés à la boulangerie Sandy, à côté du rond-point. Ils font les meilleurs macarons au chocolat que j'aie jamais goûtés, et sans fruits secs. Maman est allergique aux fruits secs. Quand je pense qu'elle ne peut même pas manger de beurre de cacahuètes. Moi, sans beurre de cacahuètes, je mourrais de faim.

*

* *

La semaine qui a précédé la rentrée des classes, j'ai eu beaucoup de mal à m'endormir. C'était trop calme à Princeton. Les bruits de la ville me manquaient. J'ai essayé de ne pas penser à mon pendule, rangé dans sa boîte sur l'étagère de mon armoire. J'ai essayé de compter les moutons et de réciter l'alphabet à l'envers. Mais comme ça ne marchait pas, finalement je n'ai pas pu résister. J'ai sauté à bas de mon lit et j'ai été le chercher. Pendant qu'il oscillait devant mes yeux, j'imaginais le médium Kreskin en chair et en os, debout au pied de mon lit, qui psalmodiait: «Dors... dors...»

Le lendemain matin, je me suis réveillé avec mon pendule sous mes fesses. J'avais mal au derrière d'avoir dormi dessus. Et je me sentais drôlement coupable de m'en être servi. J'avais triché avec Jimmy Fargo. Nous avions conclu un accord et je l'avais rompu. Quel bon copain j'étais! J'aurais aimé lui dire qu'il pouvait utiliser notre rocher, que je ne lui en voudrais pas. Mais Jimmy était dans le Vermont avec sa mère, et tout là-haut ils n'avaient pas le téléphone.

Je n'étais pas le seul à chercher le sommeil.

«J'arrive plus à dormir», a déclaré Mousse un matin au petit déjeuner.

«Et pourquoi?» a demandé Papa.

«J'ai peur.»

«De quoi?»

«Des monstres!»

«Ça n'existe pas, les monstres», lui a expliqué Papa.

«Comment tu le sais?»

«Je le sais, c'est tout», a dit Papa, en étalant de la confiture de fraises sur sa tartine.

«On te l'a appris à l'université?» a demandé Mousse, en faisant une bouillie atroce avec ses céréales.

«Non.»

«Alors où est-ce que l'on te l'a appris?» a insisté Mousse.

Papa a avalé son café à petites gorgées. Et puis il a dit: «Je... euh... l'ai appris au lycée.»

«Pas de blagues, Papa», j'ai dit en riant.

Papa m'a envoyé un regard qui m'ordonnait de me taire. Je me suis demandé si lui et Maman m'avaient raconté des histoires aussi ridicules quand j'étais petit. Et si je les avais crues.

«J'ai quand même peur», a dit Mousse. «Je veux dormir dans la chambre de Pee-tah.»

«Pas question. Il n'est pas question qu'il vienne dans ma chambre. Il parle, la nuit.»

«Alors je vais dormir avec Maman», a annoncé Mousse.

Ma mère, qui lisait le journal du matin, a levé les yeux.

«A partir d'aujourd'hui, je dors avec toi», a déclaré Mousse.

«Tu as ta chambre, Mousse, avec ton lit-de-grand-garçon.»

«Je veux pas avoir ma chambre. Je veux la partager. Partager c'est mieux. Tu me le dis tout le temps!»

Maman a soupiré. «Ce n'est pas pareil! Partager, c'est pour les jouets et les biscuits et...»

«Peut-être que si Tortue dormait avec Mousse...» a commencé Papa.

Mais je n'ai pas attendu qu'il termine. «Hé, une seconde... Tortue est *mon* chien... tu as oublié?»

«Mais tu veux bien le partager, non, Peter?» a insisté Papa.

«Pas la nuit. Il dort avec moi!»

Mousse s'est mis à pleurer. «Tout le monde s'en fiche de Mousse. Tout le monde s'en fiche si les monstres le mangent!»

«Personne ne va te manger», a assuré Maman. «On te l'a appris au lycée...»

En me levant de table j'ai dit: «Euh... je m'excuse. Mais j'ai déjà vu le début.»

Mousse a trouvé la solution tout seul. Tous les soirs il a tiré sa couette Snoopy le long du couloir pour venir s'installer et dormir derrière la porte de la chambre de Papa et Maman.

Ils n'ont pas protesté. Le matin, ils se levaient et l'enjambaient, c'est tout. Ce n'était qu'une autre phase, paraît-il. Qui passerait aussi. Quand Mousse ne traversait pas une phase, c'en était une autre. Et moi je ne pouvais pas m'empêcher de penser que ce serait bientôt le tour de Tootsie. A voir le tour que prenaient les choses, on n'était pas au bout de nos peines.

*
* *

La veille de la rentrée des classes, avec Alex, je suis allé à bicyclette au centre commercial acheter mes fournitures scolaires. Du coup, j'ai repensé à Jimmy Fargo, parce qu'on y allait toujours ensemble. Je me suis senti drôlement seul en repensant à Jimmy, et angoissé à l'idée d'entrer dans une école inconnue. Peut-être que tous les enfants allaient me détester. Peut-être que je les détesterais. Peut-être qu'on se détesterait. Peut-être que j'aurais un prof idiot. Il n'y a rien de pire que les profs idiots. Je le sais. J'en ai eu un en neuvième.

Ce soir-là, je n'ai même pas essayé de m'endormir

sans mon pendule. Et même avec, je me suis réveillé au moins un million de fois pendant la nuit.

Le lendemain matin, j'ai demandé à Maman comment elle comptait que je fasse pour accompagner Mousse à pied à l'école et en même temps y aller comme prévu à bicyclette avec Alex. Parce qu'Alex m'a prévenu qu'à Princeton tous les enfants vont à l'école à bicyclette.

« Tu pourrais peut-être rouler doucement pour que Mousse marche à côté de toi », a-t-elle proposé.

« Tu rigoles, Maman ! »

« Alors tu pourrais peut-être l'accompagner à pied le temps qu'il apprenne à connaître le chemin. »

« Ça peut durer un an. Et puis, je veux aller à l'école avec Alex. »

« Écoute, Peter... et si tu l'emmenais à pied rien que la première semaine ? Après on verrait. »

« J'ai l'impression que tu ne comprends pas, Maman... en sixième, on n'accompagne pas les bébés de maternelle. »

« Et moi je n'ai pas l'impression que tu comprennes à quel point Mousse va être déçu », a répliqué Maman, en claquant la porte du réfrigérateur. « Mais si tu le prends comme ça, c'est moi qui l'accompagnerai ! »

« Bonne idée. »

Mais Mousse, qui écoutait derrière la porte de la

77

cuisine, a crié: «Non! Je veux aller en classe avec Pee-tah. Tu as promis! Tu as promis!»

Maman m'a regardé, comme pour dire: «Tu vois?»

«Oh, bon! Je prends ma bicyclette et tu n'auras qu'à me suivre.»

«Je prends ma bicyclette aussi.»

«Tu n'en as pas.»

«J'ai un Vélo-Porteur.»

«Tu ne peux pas aller à l'école avec.»

«Pourquoi?»

«Parce que tu ne peux pas, voilà. Et maintenant dépêche-toi. Je ne veux pas arriver en retard le premier jour.»

Alex m'attendait dehors. Nous sommes partis pour l'école. Mousse faisait tout ce qu'il pouvait pour se maintenir à notre hauteur, il courait en haletant à côté de nous. On allait vraiment douce-ment, pourtant, mais il n'arrivait pas à suivre. Il me faisait de la peine. Ce n'était pas sa faute, s'il n'était qu'un bébé de maternelle. Alors je l'ai pris dans mes bras et je l'ai assis sur le cadre de mon vélo, même si les parents me l'ont interdit des tonnes de fois. Je crois qu'ils ont connu quelqu'un qui s'est ouvert le crâne comme ça. Mais ce qu'ils ne savaient pas ne pouvait pas leur faire de mal. Et puis l'école n'était pas si loin. Et Mousse, ça lui plaisait drôlement de rouler sur mon cadre. Il saluait de la main tous les gens dans la rue. Il chantonnait: «Je commence la maternelle aujourd'hui!»

Alex, qui est fils unique, rigolait.

Quand nous sommes arrivés à l'école, j'ai conduit Mousse dans la classe de Mme Hildebrandt, à qui j'ai donné sa fiche d'inscription. Et puis, avec Alex, je suis monté dans la sixième de M. Bogner. Tous les enfants chantaient.

Oh à qui est l'école?
Oh à qui est l'école?
Oh à qui est l'école?
Tout le monde a demandééééé...

Oh c'est à nous l'école
Oh c'est à nous l'école
Nous sommes en sixièèèèème
cette année!

Je me suis assis à un pupitre à côté d'Alex. De l'autre côté, il y avait une fille qui me dépassait au moins de trois têtes, avec des grands cheveux bruns tout emmêlés.

M. Bogner n'était pas idiot. Ça se voyait tout de suite.

Moi, ça, je le vois tout de suite. D'abord, il nous a

raconté ses vacances. Il avait été moniteur de plein air dans le Colorado. Pour apprendre l'alpinisme à des lycéens. Et puis nous, on lui a raconté ce qu'on avait fait pendant l'été. J'aurais aimé pouvoir raconter des trucs passionnants. J'aurais aimé dire à la classe : *Cet été, j'ai traversé l'Atlantique tout seul avec mon chien Tortue et mon copain Jimmy Fargo. Oh, bien sûr, on a eu des moments difficiles, mais on est arrivés à bon port.* Sauf qu'Alex était assis à côté de moi, et qu'il savait la vérité.

Nous étions trois nouveaux dans la classe. Mais j'étais le seul de New York. L'autre garçon, Harvey, venait de Pennsylvanie et la fille, Martha, du Minnesota.

M. Bogner nous a parlé de certains projets sur lesquels nous allions travailler pendant l'année : la construction d'un navire viking et l'étude de notre État natal, le New Jersey. Je voulais lui dire que ce n'était pas mon État natal et que ça ne le deviendrait jamais, mais avant que j'aie pu ouvrir la bouche, Martha a dit : «Excusez-moi, M. Bogner, mais mon État natal, c'est le Minnesota. Alors est-ce que je vais l'étudier pendant que le reste de la classe s'occupera du New Jersey ?»

«Non, Martha», a répondu M. Bogner. «Tant que tu vivras ici, tu n'as qu'à considérer le New Jersey comme ton État natal.»

«Mais M. Bogner...» a protesté Martha.

«Viens me voir après la classe, veux-tu?» a dit M. Bogner. Et il n'avait l'air ni en colère ni rien.

Plus tard, j'ai appris que la fille qui était assise à côté de moi, avec les longs cheveux emmêlés, s'appelait Joanne McFadden. J'allais lui demander où elle habitait quand un message est arrivé par interphone. «Bonjour, M. Bogner... pourriez-vous nous envoyer Peter Hatcher au bureau de M. Green, je vous prie?»

«Tout de suite», a répondu M. Bogner.

«Merciiii.»

M. Green, c'était le directeur. Qu'est-ce qu'il pouvait bien me vouloir?

Joanne McFadden a chuchoté: «Qu'est-ce que tu as fait?»

J'ai répondu: «Je ne sais pas», en sentant le rouge me monter à la figure.

«Sais-tu où se trouve le bureau de M. Green?» m'a demandé M. Bogner.

«Je vais le trouver.»

«Ne t'inquiète pas comme ça, Peter», a dit M. Bogner. «Ça ne peut pas être bien grave... ce n'est que notre premier jour de cours.»

Toute la classe a éclaté de rire, sauf Joanne McFadden. Elle s'est contentée de me faire un petit sourire timide.

Ce doit être une histoire d'inscription, j'ai pensé, en descendant au bureau. *Je parie que sur la fiche ma mère n'a pas rempli la colonne où l'on demande comment joindre les parents en cas d'urgence. Elle oublie presque tous les ans. Ou peut-être que le directeur aime se présenter en privé à tous les nouveaux élèves. Mais alors pourquoi est-ce qu'il n'a pas aussi convoqué Harvey ? Et Martha, du Minnesota ? Parce qu'il nous appelle dans son bureau par ordre alphabétique,* je me suis dit, sans même connaître leurs noms de famille. *Et s'il a commencé par les A tôt le matin, il peut très bien être arrivé au H. Oui, c'était possible.*

J'ai trouvé le bureau de M. Green. J'ai annoncé à sa secrétaire : « Je suis Peter Hatcher. »

« Entre. Il t'attend. »

J'ai demandé à M. Green : « Vous vouliez me rencontrer ? Je veux dire… me voir ? »

« Bonjour, Peter. » M. Green ressemblait un peu à mon oncle, sauf que mon oncle est tout rasé tandis que M. Green porte une moustache. Depuis que mon père se laisse pousser la barbe, je fais plus attention à ce genre de détails. « Nous avons quelques petits ennuis avec ton frère », a expliqué M. Green.

Oh, c'était donc ça. J'aurais dû m'en douter !

« Nous avons essayé de joindre ta mère ou ton père par téléphone, mais personne ne répond, alors nous espérons que tu voudras bien nous aider. »

« Qu'est-ce qu'il a fait, encore ? »

«Un tas de bêtises», a répondu M. Green. «Descendons à la maternelle... tu vas voir.»

Nous avons longé le couloir côte à côte.

*
* *

Tous les bébés de maternelle étaient occupés. Certains empilaient des cubes, d'autres peignaient, et un groupe jouait à la dînette dans un coin. Cette maternelle, elle correspondait tout à fait à mes souvenirs. Mais pas de Mousse à l'horizon.

«Oh, M. Green», s'est écriée Mme Hildebrandt, en boitillant jusqu'à nous. «Je suis si contente que vous soyez venu. C'est une vraie catastrophe. Il refuse toujours de redescendre.»

J'ai levé la tête. Mousse était perché sur les vitrines, en haut des placards. Il était étendu de tout son long à quelques centimètres du plafond.

«Salut, Pee-tah», il a crié, en agitant la main.

«Qu'est-ce que tu fais là-haut?»

«Je me repose.»

«Descends!»

«Non, elle me plaît pas cette école. Je laisse tomber!»

«Impossible», a dit M. Green.

«Pourquoi?» s'est étonné Mousse.

«Parce qu'aller à l'école, c'est ton travail», a

expliqué M. Green. «Sinon, que deviendras-tu quand tu seras grand?»

«Un oiseau!» lui a dit Mousse.

M. Green a ri: «Créatif, non?»

«Ce n'est pas tout à fait mon avis», a expliqué Mme Hildebrandt.

J'ai demandé: «Pourquoi est-ce qu'il est monté là-haut?»

«Eh bien», a dit Mme Hildebrandt, «*ça,* c'est une longue histoire.»

«Parce qu'elle est méchante!» a crié Mousse. «M.é.c.h.a.n.t.e.»

«Écoutez, M. Green», a coupé Mme Hildebrandt, «vous me connaissez depuis fort longtemps... et je vous le demande... me suis-je jamais montrée méchante envers un enfant... volontairement, consciemment, délibérément? Et qui plus est, un jour de rentrée des classes?»

«Elle n'a pas voulu m'appeler *Mousse*», a dit Mousse. «C'est pour ça, j'ai dû lui donner un coup de pied!»

«Il vous a donné un coup de pied?» j'ai demandé à Mme Hildebrandt.

Elle a relevé sa jupe et m'a montré un bleu sur son tibia. «Et je vous passe sous silence», elle a dit, «combien j'ai eu mal. Je me suis presque évanouie... devant les enfants.»

«Et après il est monté là-haut?»

«Oui.»

«Parce qu'elle voulait pas m'appeler *Mousse*», a répété Mousse.

«Ce n'est pas un nom», a protesté Mme Hildebrandt. «Et puis, s'il n'en avait pas d'autre, passe encore. Mais il en a un autre. *Farley Drexel Hatcher.* Je lui ai dit que je l'appellerai Farley... ou Drexel... ou encore F.D.»

«Mais elle n'a pas voulu m'appeler *Mousse!*»

Tous les petits se sont retournés, et tout d'un coup la pièce est devenue très silencieuse.

«C'est vrai», a répondu Mme Hildebrandt. «Mousse, autant dire Caramel, c'est un très joli nom de bonbon. Mais pas de garçon.»

«Je vous l'ai dit, je suis un oiseau», a hurlé Mousse.

«Il y a vraiment quelque chose qui ne tourne pas rond chez cet enfant», a déclaré Mme Hildebrandt.

«Mais pas du tout! Ma mère l'appelle Mousse. Mon père l'appelle Mousse. Ma grand-mère l'appelle Mousse. Ses copains l'appellent Mousse. Mes copains l'appellent Mousse. Moi, je l'appelle Mousse. Lui, il s'appelle Mousse...»

«Oui, je commence à comprendre», a dit M. Green.

«Comment des parents peuvent-ils décider d'appeler un enfant Mousse, je ne me l'imagine pas», a dit Mme Hildebrandt.

Je lui ai répondu : «On voit bien que vous ne connaissez pas mes parents.»

«Oui, tu as raison, mais...»

«Je crois que nous sommes face à un pur conflit de personnalité», a déclaré M. Green. «Je propose donc de transférer Mousse dans la classe de Mlle Ziff.»

«Excellente idée !» s'est écriée Mme Hildebrandt. «Le plus tôt sera le mieux.»

«Tu peux descendre. Tu vas changer de classe.»

«Est-ce que la maîtresse m'appellera Mousse ?»

«Si ça te chante», lui a dit M. Green.

«Est-ce qu'elle me laissera utiliser les cubes ronds ?»

M. Green s'est tourné vers Mme Hildebrandt.

«Je ne leur laisse jamais utiliser les cubes ronds le premier jour. C'est un de mes principes d'éducation.»

«On ne peut rien construire de bien sans cubes ronds», a déclaré Mousse.

«Tu n'auras qu'à demander à Mlle Ziff», a dit M. Green à Mousse. «Nous avons des règlements, ici... il faudra que tu les respectes.»

«Si on me laisse utiliser les cubes ronds», a répondu Mousse.

M. Green a passé un doigt dans son col de chemise et s'est essuyé le front avec son mouchoir.

J'ai dit à Mousse: «Dépêche-toi; je rate des trucs importants, là-haut.»

«Quoi?»

«T'inquiète pas... descends!»

Mousse est descendu sur le haut du placard, et de là M. Green l'a pris dans ses bras et ensuite l'a posé par terre.

«Au revoir, Farley Drexel», a dit Mme Hildebrandt.

«Au revoir, Face de Rat», lui a répondu Mousse.

Je lui ai donné un coup de coude et je lui ai dit tout bas: «On ne s'amuse pas à traiter les profs de Face de Rat.»

«Même s'ils en ont une?»

«Oui. Même.»

M. Green et moi, nous avons emmené Mousse à côté, dans la classe de Mlle Ziff. Elle lisait aux enfants *Arthur le mangeur de fourmis*. J'ai tout de suite vu que Mousse était impressionné. «Je la connais, cette histoire. Arthur n'aime pas le goût des fourmis rouges.»

M. Green a tendu à Mlle Ziff la fiche d'inscription de Mousse. «Son nom est Farley Drexel. Mais tout le monde l'appelle Mousse.»

Mlle Ziff a souri à Mousse. «Je parie que tu es aussi délicieux que ton nom.»

«Oui», a reconnu Mousse.

Je me suis dit: *Demandez donc à Mme Hilde-brandt.*

La carrière scolaire de mon frère avait démarré.

Chapitre 7
Un drôle d'oiseau très cultivé

Tous les jours, Mousse revenait de la maternelle avec des dessins. Maman les accrochait au mur de la cuisine. Un soir, elle a dit: «Mousse, tu travailles si bien à l'école que j'ai décidé de te gâter. Qu'est-ce qui te ferait plaisir?»

«Un oiseau», a répondu Mousse aussitôt, comme s'il y pensait depuis des années.

«Un oiseau?» a répété Maman.

«Oui. Mon oiseau à moi. Tout à moi.»

«Un oiseau», a dit Papa, en grattant sa barbe toute neuve.

«Je pensais plutôt à un yoyo», a avoué Maman.

«Un yoyo, j'en ai un», lui a rappelé Mousse. «Mais j'ai pas d'oiseau.»

«Je ne vois vraiment pas ce qui nous empêche d'offrir un oiseau à Mousse», a dit Papa. «Il aimera à coup sûr avoir un animal.»

«Mais, Warren», a dit Maman, «tu penses vraiment qu'il est assez grand pour ça?»

«Oui», a dit Papa. «Absolument.»

«Alors…» a dit Maman, et je voyais bien qu'elle

réfléchissait, «si Papa est d'accord, je suis d'accord aussi.»

«Et il pourra dormir dans ma chambre, hein?» a demandé Mousse.

«Oui», a dit Papa.

«Sur mon lit?»

«Non», a dit Papa. «Les oiseaux dorment dans des cages, pas sur les lits.»

«Mais je ferai très attention», a promis Mousse. «Je le garderai sous les couvertures avec moi.»

«Les oiseaux ne peuvent pas dormir dans des lits», a expliqué Maman.

«Pourquoi?» a demandé Mousse.

«Parce qu'ils aiment dormir debout sur leurs pattes», a dit Maman.

«Ah oui?» s'est étonné Mousse.

«Oui.»

«Je crois que je vais essayer cette nuit», a déclaré Mousse.

«Les gens dorment allongés», a expliqué Papa. «Et les oiseaux, debout. C'est une des choses qui les différencient.»

«Et puis aussi les oiseaux volent... hein?» a demandé Mousse.

«Exactement», a dit Papa.

«Un de ces jours je saurai peut-être voler... comme les oiseaux!»

«N'y compte pas», j'ai dit.

Mais il n'écoutait pas. Il dansait autour de la chaise haute de Tootsie en chantant: «Mon oiseau à moi, mon oiseau, mon oiseau…»

«Daba», a dit Tootsie, en jetant son hochet par terre. C'est son nouveau jeu. Elle jette ses jouets par terre, et puis elle hurle jusqu'à ce que quelqu'un les lui ramasse. Dès qu'on les lui a rendus, elle les relance par terre. Passionnant!

Et puis aussi ses dents poussent, et elle a mal aux gencives, et elle pleure beaucoup. On lui a acheté un anneau de dentition qui se met au freezer. Elle aime bien le mordre. Le froid lui calme les gencives.

En vérité, elle mord tout ce qui lui passe à portée de la bouche, même ses doigts de pieds. Je n'arrête pas de répéter à ma mère que ce n'est pas une bonne idée de laisser Tootsie grandir avec les pieds dans la bouche. Mais Maman assure que ce n'est qu'une phase et que ça lui passera. Elle a même sorti l'album de famille pour me montrer une photo de moi à l'âge de Tootsie. Je me suçais les doigts de pieds, moi aussi.

J'ai demandé à Maman de la jeter, cette photo, et puis aussi celle où je suis tout nu, avec un balai à la main. Si jamais on la voyait, *celle-là,* je n'aurais pas fini d'entendre rigoler derrière mon dos.

Mousse a demandé à Maman s'il pouvait emmener Tootsie à l'école pour Montre et Nomme. Il voulait recommencer sa conférence, *Comment on fait les bébés,* devant sa classe de maternelle. Maman a téléphoné à Mlle Ziff, qui s'est emballée pour cette idée, mais qui a prévenu qu'avant tout, elle devait avertir M. Green. M. Green a décrété qu'il n'en était *absolument pas* question, et on n'en a plus entendu parler. Mousse a été très déçu, mais Maman et Papa lui ont assuré qu'avec son oiseau il aurait quelque chose de drôlement plus intéressant à proposer à Montre et Nomme.

*
* *

Mamie est venue passer quelques jours chez nous.

«On va m'offrir un oiseau», lui a annoncé Mousse.

«Quel genre d'oiseau?» a demandé Mamie.

«Je sais pas. Dites, quel genre d'oiseau?» il nous a demandé à la ronde.

Nous avons répondu tous en même temps.

«Un canari», a dit Maman.

«Une perruche», a dit Papa.

«Un mainate», j'ai dit.

Mousse a eu l'air perdu.

Mamie a remarqué: «Je vois que vous n'avez encore rien décidé.»

J'ai dit: «Les mainates savent parler.»

«Un oiseau qui parle?» s'est étonné Mousse.

«Oui. Tu peux apprendre à un mainate à dire n'importe quel mot.»

«N'importe lequel?» a demandé Mousse, et je savais bien à quoi il pensait.

«Enfin, presque.»

«Un oiseau qui parle», a repris Mousse, avec un grand sourire. «Mousse va avoir un oiseau qui parle.»

«Eh, attend une minute», a dit Papa. «Nous n'avons pas encore décidé. Moi, je pensais plutôt à une jolie perruche bleue. Une perruche, on peut lui apprendre à voler autour de la pièce et venir se poser sur un bout de bois.»

«Et moi je pensais plutôt à un joli canari jaune», a dit Maman. «Les canaris chantent très bien. Ils mettent de la joie dans une maison.»

«C'est chouette», a dit Mousse. «Maman aura un canari, Papa une perruche et Mousse un mainate.»

«Nous n'achèterons qu'un seul oiseau», l'a prévenu Maman.

«Oh», a dit Mousse. «Alors je crois que Maman n'aura pas de canari et Papa pas de perruche, parce que Mousse, il va l'avoir, son mainate. Pee-tah dit qu'ils savent parler, et Pee-tah, il sait tout.»

Maman et Papa se sont tournés vers moi.

«Comment voulais-tu que je sache que tu préférais un canari?» ai-je dit à Maman. «Et toi une perruche, Papa. Vous ne l'aviez jamais dit.»

«Un mainate, ce devrait être très éducatif pour Mousse», a remarqué Mamie.

«Si je lui apprends à parler, il m'apprendra peut-être à voler», a dit Mousse, en battant des bras.

Tootsie a eu un hoquet, et puis elle s'est mise à pleurer.

«Qui veut des biscuits faits maison?» a demandé Mamie en tirant Tootsie hors de sa chaise haute pour lui tapoter le dos.

Quand il s'agit de changer de sujet, Mamie est championne.

*
* *

Le lendemain après-midi, quand je suis rentré de l'école, la voiture avait disparu et la maison était silencieuse. Je suis monté au premier et je me dirigeais vers ma chambre quand j'ai entendu un drôle de bruit dans celle de Tootsie. Sa porte était à peine entrebâillée, alors j'ai jeté un coup d'œil à l'intérieur. Et j'ai vu Mamie, pieds nus, qui dansait en rond avec Tootsie dans les bras. Elle chantait:

Toot, Toot, Tootsie, adieu
Toot, Toot, Tootsie, sèche tes yeux
Tchou, tchou, le train qui m'emporte

La da di doum da di da
Tralalalère tralala
Embrasse-moi, Tootsie et puis...

«Bonjour, Mamie.»

«Oh, Peter!» Elle s'est arrêtée net, rouge comme une tomate.

«Qu'est-ce que vous faisiez?»

«Nous dansions. Tootsie adore danser, tu sais.»

«Non, je ne savais pas.»

Tootsie a attrapé une poignée de cheveux de Mamie et a poussé des cris ravis.

«Et c'était quoi la chanson que tu chantais?»

«Toot, Toot, Tootsie, adieu», a répondu Mamie.

«Alors c'était une vraie chanson? Tu ne l'inventais pas au fur et à mesure?»

«Absolument pas! Tout le monde la chantait en... voyons... oh, je ne me souviens plus de l'année... mais tout le monde la chantait.»

Tootsie faisait des bonds dans les bras de Mamie, impatiente d'entendre la suite. Mamie me l'a passée. «Tiens, à toi, essaie donc.»

«Moi? Tu veux que *moi* je danse avec Tootsie?»

«Pourquoi pas?»

«Mamie! Je suis en sixième. Je ne m'amuse pas à danser avec un bébé.»

«Pourquoi pas?»

«Eh ben, parce que...»

«Allez», a dit Mamie. «Je vais chanter... et toi tu danses.» Elle a repris sa chanson.

Toot, Toot, Tootsie, adieu
Toot, Toot, Tootsie, sèche tes yeux...

J'ai virevolté avec Tootsie dans mes bras, et Mamie avait raison, elle adorait ça. Elle hurlait, elle riait, elle lançait la tête en arrière, et bientôt je me suis mis à rire moi aussi, et tous les trois nous nous amusions comme des petits fous quand Mousse est apparu à la porte et a dit: «Qu'est-ce que tu fais, Pee-tah?»

J'ai tourné les yeux, Maman et Papa étaient là eux aussi.

«Oh, je... euh... c'est-à-dire... je...»

«Dansais», a dit Mamie. «Tootsie aime danser, alors nous dansions avec elle.» Elle a attrapé ses chaussures sous le berceau de Tootsie et les a enfilées.

J'ai installé Tootsie dans son transat et je me suis recoiffé avec les doigts, prêt à expliquer que c'était une idée de Mamie, et que je dansais pour lui faire plaisir. Mais j'ai vu qu'il n'y avait aucun besoin d'expliquer quoi que ce soit. Parce que personne n'avait l'air de trouver bizarre que je danse avec

Tootsie ou que Mamie chante : « Toot, Toot, Tootsie, adieu. »

« Devine… ? » a dit Mousse.

« Quoi ? » a demandé Mamie.

« Je l'ai vu… j'ai vu mon mainate ! »

« Où ? »

« Chez le marchand d'animaux », a précisé Mousse. « On le rapportera demain à la maison. Le marchand doit d'abord commander une cage. Il est tout noir avec des pattes jaunes et un nez jaune. »

J'ai corrigé : « Un bec jaune ».

« Un nez, un bec… qu'est-ce que ça change ? » a dit Mousse. « Et il parle ! »

« Qu'est-ce qu'il sait dire… ? »

« Il sait dire bonjour, en italien. »

« En italien ? »

« Oui, en italien », a confirmé Maman. « Il est très cultivé. »

Et je lui ai déjà donné un nom », a ajouté Mousse.

« Comment tu l'as appelé ? » a demandé Mamie.

Je m'attendais à Nico ou Alberto, puisqu'il parlait italien.

« Oncle Plume », a dit Mousse.

« Oncle Plume ? »

« Oui, Oncle Plume », a répété Mousse. « C'est pas un joli nom, pour un oiseau ? »

« C'est… euh… pas courant. »

«Et intéressant, hein?» a demandé Mousse.

«Oh oui... tout à fait intéressant», j'ai convenu.

«C'est un vrai privilège», a confirmé Mousse, «tu ne trouves pas?»

«Non, ce n'est pas un privilège. Ça n'a rien à voir avec un privilège.» Je n'aurais jamais dû employer ce mot devant un gamin comme lui. Il ne savait toujours pas l'utiliser. Et il ne le saurait sans doute jamais.

«Alors ce n'est pas un privilège?» Et il s'est mis à chanter.

Oncle Plume est venu en ville
A tire d'aile dans le ciel bleu
Jaunes les pattes et jaune le nez
Et c'est mon oiseau, mon oiseau...

«Allez, Mamie», a demandé Mousse, «danse avec *moi,* maintenant.» Mamie et lui ont fait la ronde autour de la pièce tandis qu'il chantait sa dernière composition sur l'air de «Yankee Doodle.»

Ma famille et ses talents musicaux commençaient à me fatiguer, alors j'ai filé chez Alex trouver un peu de silence et de tranquillité.

*
* *

Le lendemain, Maman, Papa et Mousse sont retournés chez le marchand d'animaux et sont revenus avec Oncle Plume au complet avec cage, couvre-cage, une boîte de nourriture et un livre intitulé *Apprendre à connaître son mainate.*

«Buongiorno... buongiorno...» répétait Oncle Plume sans arrêt.

«Ça veut dire bonjour en italien», m'a expliqué Mousse, comme si je ne le savais pas.

Papa a monté la cage dans la chambre de Mousse qui, comme par hasard, est juste à côté de la mienne. Et tout l'après-midi j'ai entendu cette drôle de voix d'oiseau répéter: buongiorno... buongiorno. J'ai tapé contre le mur de séparation. «Tu ne pourrais pas lui apprendre autre chose?»

«J'essaie... j'essaie...» a braillé Mousse.

«J'essaie... j'essaie...» a répété Oncle Plume.

J'ai pensé: *C'est magnifique, Mousse vient tout juste de renoncer à répéter tout ce que je dis, et nous voilà maintenant avec un oiseau qui le remplace. J'aurais mieux fait de la fermer l'autre soir à table. Pourquoi est-ce que je n'ai pas persuadé Mousse d'écouter Maman et de choisir un canari, ou Papa, et d'opter pour une perruche?*

Le lendemain matin, quand je suis allé voir Oncle Plume, il m'a salué avec un: «Buongiorno, imbécile...»

«Il est intelligent, hein?» a demandé Mousse. «Il apprend vite, hein?»

«Ouais... il est génial!»

Et quand je suis parti, Oncle Plume a crié : « Au revoir, imbécile… Au revoir… »

« Au revoir toi-même. »

« Toi-même… toi-même… » il a répété.

« Et il aime manger des asticots et des insectes et des herbes », a annoncé Mousse au petit déjeuner. « Alors il va falloir que je lui trouve des asticots. »

« Oh non ! » s'est écriée Maman. « Il sera très content de manger des graines que nous lui avons achetées chez le marchand. »

« Mais Maman… » a protesté Mousse. « Tootsie, tu ne lui donnes pas tout le temps la même chose ? »

« Ce n'est pas pareil », a dit Maman. « Tootsie est un bébé. Oncle Plume est un oiseau. »

« Je le sais ! » a dit Mousse. « Mais Oncle Plume a besoin d'asticots pour être heureux. Tu veux qu'il soit heureux, non ? »

« Je suis sûr qu'il peut très bien être heureux sans asticots ! » a insisté Maman, en repoussant son assiette.

« On en reparlera plus tard, d'accord ? » a proposé Papa. « Ce n'est pas le sujet idéal pour le petit déjeuner. »

« Asticots, asticots, asticots, cots, cots… » a chantonné Mousse.

« Ça suffit, Mousse ! » a dit Papa, mais Maman avait déjà disparu dans la salle de bains et elle n'est pas revenue s'asseoir à table.

Mamie est venue passer le week-end suivant chez nous. Elle a été très étonnée que Mousse ne dorme plus dans le couloir, derrière la porte de la chambre des parents.

« Il faut que je dorme dans ma chambre, maintenant », lui a expliqué Mousse. « A cause d'Oncle Plume. »

« Je comprends », a dit Mamie, plantée devant la cage d'Oncle Plume. « Tu es un bien joli petit oiseau, non ? »

« Joli petit oiseau... joli petit oiseau... » a répété Oncle Plume.

Mamie a ri. « Oh la la, et drôlement malin avec ça ! »

« Drôlement malin... drôlement malin... oh la la... drôlement malin », a dit Oncle Plume.

Ce soir-là, Maman et Papa sont sortis et Mamie est restée à la maison avec nous. Nous avons regardé la télé tous ensemble. Tootsie était installée sur les genoux de Mamie, elle prenait son dernier biberon du soir.

« Alors, et la maternelle, ça va ? » a demandé Mamie à Mousse.

« J'ai une gentille maîtresse. Elle dit que je suis aussi délicieux que mon nom. »

« Et c'est vrai, j'espère ? » a dit Mamie.

J'ai poussé un grognement.

«Tu trouves que oui?» a demandé Mousse à Mamie.

«Absolument», a répondu Mamie.

J'ai poussé un autre grognement.

«Tout le temps?» a demandé Mousse.

«Peut-être pas tout le temps», a dit Mamie, «mais presque.»

«Alors pourquoi est-ce que tu viens ici seulement pour jouer avec Tootsie et pas avec moi?»

«Je viens voir toute la famille», a corrigé Mamie, en tapant dans le dos de Tootsie pour le rototo.

«Mais c'est tout le temps *elle* que tu tiens dans tes bras», a protesté Mousse. «C'est tout le temps à *elle* que tu chantes des chansons bébêtes…»

J'ai dit: «Elles ne sont pas bébêtes, ce sont des chansons que l'on chantait quand Mamie était une petite fille.»

«Tu as été une petite fille?» a demandé Mousse, en essayant de grimper sur les genoux de Mamie.

«Bien sûr», a dit Mamie, tout en calant Tootsie au creux de son autre bras pour faire de la place à Mousse.

«Tu as été petite… comme moi?»

«Oui», a dit Mamie. «Et j'allais à l'école, comme toi.»

Mousse a poussé Tootsie encore plus loin, alors Mamie me l'a donnée.

«Qu'est-ce que tu faisais à l'école?» a demandé Mousse.

«Oh… je chantais des chansons, je faisais de la peinture, je jouais et j'apprenais à lire.»

«Tu as appris à lire à la maternelle?»

«C'était peut-être au cours préparatoire», a dit Mamie, en caressant la tête de Mousse. «C'était il y a longtemps. Je ne me souviens plus très bien.»

«Tu sais, Mamie?» a dit Mousse.

«Non, quoi?»

«Je suis le cadet maintenant… alors il faut beaucoup s'occuper de moi.»

«Qui te l'a dit?» a demandé Mamie.

«J'ai entendu Maman en parler au téléphone. Tu dois jouer avec moi plutôt qu'avec Tootsie, c'est plus important. N'oublie pas, surtout.»

J'ai demandé: «Et moi, alors? Où je suis, là-dedans?»

«Tu n'as pas besoin qu'on s'occupe de toi», a dit Mousse. «Tu es en sixième.»

Je commençais à m'énerver. «Ça ne veut pas dire que je n'ai pas besoin qu'on s'occupe de moi.»

«Tout le monde en a besoin», a dit Mamie.

«Même toi?» a demandé Mousse.

«Oui, même moi», lui a répondu Mamie.

«Qui s'occupe de toi?» a demandé Mousse.

«Ma famille et mes amis», a dit Mamie.

«Tu devrais acheter un oiseau», a dit Mousse. «Un oiseau s'occuperait très bien de toi: un oiseau, ça lui serait égal que tu sois la cadette ou pas.»

J'ai dit: «Un chien aussi. Tu devrais acheter un chien comme Tortue.»

Dès qu'il a entendu son nom, Tortue a levé la tête et s'est mis à aboyer.

Tootsie a ouvert les yeux et a gazouillé: «Ga ga gou ga.»

Je lui ai dit: «C'est ça. Maintenant rendors-toi.»

Mamie est montée fourrer Mousse au lit. Et moi je suis allé coucher Tootsie dans son berceau.

«Bonne nuit, dors bien... dors bien, bonne nuit», a dit Oncle Plume.

Mamie a couvert sa cage. C'est la seule façon de lui clouer le bec. Il a quand même continué à crier, «Bonne nuit, bonne nuit...» jusqu'à ce que je donne un coup de pied dans la cage.

*
* *

Au bout de deux semaines que nous l'avions, Mousse a pu emporter Oncle Plume en classe pour Montre et Nomme. Mlle Ziff a invité l'autre classe de maternelle à venir le voir, et M. Green m'a accordé la permission spéciale de manquer la moitié du cours d'anglais pour descendre dans la classe de Mousse, au cas où.

La classe de Mme Hildebrandt est entrée en rang et s'est assise en cercle par terre, juste derrière la classe de Mousse. La cage d'Oncle Plume trônait au beau milieu du cercle. Quand tout le monde a été installé, Mousse a tiré la couverture et annoncé : « Je vous présente... Oncle Plume ! »

« Ooooohhh... » ont fait tous les petits enfants.

« Qu'il est beau, l'oiseau de Farley ! » a dit Mme Hildebrandt. « N'est-ce pas un bel oiseau, la classe ? »

« Oui », a répondu la classe de Mme Hildebrandt, tous en chœur, comme des robots.

« Oui, quoi ? » a demandé Mme Hildebrandt.

« Oui, il est beau, l'oiseau de Farley », a répondu la classe.

« Il parle italien », a dit Mousse.

« Vraiment ? » a demandé Mme Hildebrandt.

« Oui », lui a dit Mousse.

« Eh bien, quelle coïncidence », a repris Mme Hildebrandt, « moi aussi ! » Elle est venue se planter devant la cage d'Oncle Plume, et puis elle s'est penchée et elle a dit : « Parla italiano ? »

Oncle Plume a penché la tête, l'a regardée bien en face et à répondu : « Buongiorno, imbécile ! »

Chapitre 8
Treize vitamines

«Pour Halloween*, je veux être un fantôme», a décrété Mousse. «Un fantôme qui fait très peur!»

«Je crois que nous pouvons arranger ça!» a dit Maman. Elle donnait à Tootsie un petit pot de purée violette. Tootsie recrache la moitié de chaque cuillerée, alors Maman doit lui racler la figure avec la cuillère et tout recommencer. Pour terminer une toute petite cuillerée, il faut s'y reprendre à trois fois. Nourrir Tootsie, c'est une affaire qui peut vous prendre la journée.

«Et toi, Peter?» a demandé Maman. «En quoi tu veux te déguiser pour Halloween?»

«En sixième, on ne se déguise plus.»

«Vraiment?» s'est étonnée Maman. «Moi, quand j'étais en sixième...»

J'ai coupé: «C'était il y a longtemps.»

«Cent ans ou plus?» a demandé Mousse.

«Pas tout à fait», a répondu Maman.

* NDT: Veille de la Toussaint. Aux États-Unis la coutume populaire veut que les enfants se déguisent à cette occasion, tout comme les enfants français le Mardi Gras.

«Et Tootsie, en quoi elle sera pour Halloween?» a demandé Mousse.

«En bébé.»

«Ha ha, Pee-tah», a dit Mousse, en riant. «Tu es rigolo!»

Chaque fois que Mousse rit, Tootsie rit aussi. Et quand elle rit la bouche pleine, le résultat n'est vraiment pas beau à voir. Alors maintenant elle avait de la prune plein la figure, de la prune plein son bavoir, de la prune plein les cheveux et de la prune plein son hochet, qu'elle tapait sur son plateau en rigolant.

Tortue traîne toujours dans le coin quand Maman donne à manger à Tootsie. Il adore la bouillie de bébé. Maman dit que ce n'est pas bon pour lui. Qu'il faut qu'il mâche des aliments solides pour se faire les dents et les mâchoires. Et une fois par semaine, je dois lui donner un comprimé spécial pour lui rafraîchir l'haleine. Ces derniers temps, qu'est-ce qu'il peut sentir mauvais! Je suis content que Sheila Tubman ne soit pas ici pour me dire que mon chien sent mauvais, parce que cette fois-ci, elle aurait raison.

Mousse dit que Tootsie devrait se gargariser deux fois par jour avec Haleine Précieuse, la nouvelle eau dentifrice bleue dont on voit la pub à la télé. Mousse est incollable sur les pubs. Il les connaît toutes par cœur, et quand nous allons au supermarché, il nous rend complètement dingues à débiter des indicatifs sonores ridicules pour nous pousser à acheter tel produit plutôt que tel autre.

Mon père passe ses matinées à la bibliothèque de l'université et travaille à la maison tous les après-midi. Je lui ai demandé un jour, en rentrant de l'école : « Alors ce livre, ça avance ? »

« Doucement, Peter, tout doucement. J'en suis toujours à réunir la documentation. J'espère terminer ma recherche vers Noël et me mettre à rédiger pour de bon après les vacances. »

Mousse se tenait sur le pas de la porte, il grignotait un bout de fromage. « Le Dr Seuss*, lui, il peut écrire un livre en une heure. »

« Comment tu le sais ? »

« J'en sais rien, mais je parie qu'il peut », a dit Mousse. « Un poisson, deux poissons, poisson rouge, poisson bleu... Aimez-vous les œufs verts au jambon ?... Moi oui ! Je les aime, Sam-c'est-Moi ! »

J'ai dit : « Okay, okay... ça suffit. »

« Les garçons, j'essaie de travailler, vous savez », a dit Papa. « Si vous alliez vous installer ailleurs ? »

*
* *

Plus tard, nous regardions les nouvelles de six heures quand le spot préféré de Mousse est passé.

---

* NDT : Dr Theodor Seuss Geisel, célèbre auteur de livres pour enfants né en 1904 à Springfield, Massachusetts, USA.

«Oh, regarde», s'est-il écrié, «mes chats qui dansent!» et il a lâché son Lego pour regarder.

«Tout le monde sait que les chats ne savent pas vraiment danser. Ce n'est qu'un très joli travail de caméra.»

«Tais-toi, Pee-tah.» Et puis il s'est tourné vers Papa. «Il y a des pubs pour la nourriture pour chats, des pubs pour la nourriture pour chiens, des pubs pour la nourriture des gens, alors pourquoi il n'y a jamais de pubs pour la nourriture des oiseaux?»

«C'est une bonne question, Mousse», a dit Papa, sans vraiment y répondre.

«Mainates du monde entier, unissez-vous...» ai-je commencé, en essayant de trouver une bonne pub pour la nourriture des oiseaux.

«Ça veut dire quoi, *unissez-vous?*» a demandé Mousse.

«T'occupe pas... t'occupe pas...»

«On dirait Oncle Plume quand tu répètes les phrases deux fois», a remarqué Mousse.

«C'est contagieux.»

«Ça veut dire quoi, *contagieux?*»

«Laisse tomber.»

«On devrait donner du Choco à Oncle Plume», a déclaré Mousse. «Dès le matin, préparez-le à ceux que vous aimez, ils seront en forme toute la journée grâce à ses fraises vitaminées.»

«Mais non, non. Ce n'est pas ça. C'est *treize vita-mines.*»

«C'est ce que j'ai dit, fraises vitaminées.»

«Pas fraises», j'ai corrigé. «Treize.» Et je lui ai épelé. «T.r.e.i.z.e. Douze plus une.»

«Ah oui?» a demandé Mousse.

«Oui. En tout cas, tu ne devrais pas croire tout ce qu'on dit à la télé, hein, Papa?»

«Absolument.»

«Alors tu mens quand tu inventes une pub?» a demandé Mousse.

«Non, mais il nous arrive d'exagérer», a dit Papa.

«Ça veut dire quoi, *exagérer?*» a demandé Mousse.

«Il nous arrive d'embellir pour nous faire comprendre», à dit Papa.

«Ça veut dire quoi, *embellir?*»

«Des fois, Papa doit pousser un peu la vérité.»

«Merci, Peter», a dit Papa. «C'est une excellente explication.»

«Comment tu sais tout ça, Pee-tah?»

«Moitié parce que je suis en sixième, moitié parce que je suis intelligent de nature.»

«Alors pourquoi tu as eu 11 à ton interro de géographie?» a demandé Mousse.

«Parce que M. Bogner nous a eus avec des questions pièges.»

«C'est quoi, des questions pièges?»

«C'est un truc de profs pour te prouver que tu n'es pas aussi intelligent que tu le crois. Tu comprendras un jour.»

«Moi, je suis aussi intelligent que je le crois», a dit Mousse. «Na!»

Je n'allais pas entamer une dispute là-dessus.

Vendredi après-midi, nous sommes descendus au centre ville, Alex et moi. Nous nous sommes arrêtés devant le cinéma pour voir les photos de *Superman*. Je l'avais déjà vu à New York, mais comme Alex l'avait raté, nous avons décidé d'y aller ensemble quand ça passerait.

A côté du cinéma, il y avait une galerie de peinture. Un des tableaux me rappelait quelque chose. Il était tout blanc avec deux ronds noirs au milieu et un carré rouge dans le coin en haut à gauche.

J'ai dit à Alex: «Je reconnais ce tableau.»

«Il n'y a pas grand-chose à reconnaître», a remarqué Alex.

J'ai claqué des doigts. «C'est un tableau de Frank Fargo.»

Alex a haussé les épaules. «Qui c'est, Frank Fargo?»

«Le père de mon copain. J'étais là-bas quand il travaillait dessus. Viens, on entre…»

Dans la galerie, il n'y avait qu'une seule personne. Une dame maigrichonne avec un cou de girafe et des tonnes de cheveux frisés. Elle était vraiment jolie. J'aimais bien comme elle marchait, la tête haute et le dos très droit.

«Bonjour... je peux vous renseigner?»

«Nous admirons ce tableau, dans la vitrine. Le blanc avec les ronds.»

«Il s'appelle *Colère d'Anita.* C'est un tableau de Frank Fargo.»

J'ai dit à Alex qui ne semblait pas très passionné: «Je te l'avais dit... je te l'avais dit. Je le connais.» J'ai expliqué à Cou de Girafe. «C'est le père de mon copain.»

«Vraiment?»

«Oui.»

«Il coûte combien?» a demandé Alex.

«Deux mille cinq cents dollars.»

«Quoi?» s'est écrié Alex. «Pour ça?»

«Oui. Il commence à être très célèbre.»

«Mais ce n'est rien du tout», a protesté Alex. «Je pourrais peindre le même en une heure.»

J'ai marmonné: «Comme le Dr Seuss qui peut écrire un livre en une heure.»

«Quel rapport?» a demandé Alex.

«Aucun, t'occupe pas.»

Elle a dit: «Ça peut sembler simple, mais je vous assure qu'il faut beaucoup de talent pour peindre comme ça.»

Le soir même, j'ai demandé à mes parents s'ils savaient que Frank Fargo devenait célèbre.

«Bien sûr», a dit Papa. «Pas toi?»

«Non. Personne ne me l'a jamais dit. On ne me dit jamais rien!»

«Maman et moi envisageons d'acheter un de ses tableaux. Il est exposé dans une galerie du centre ville.»

«Le truc blanc avec les ronds noirs et le carré rouge?»

«C'est ça», a dit Papa. «Il te plaît?»

«Je ne sais pas. Il coûte drôlement cher, en tout cas.»

«C'est l'ennui», a remarqué Papa.

«Mais comme je vais retourner travailler...» a commencé Maman, en levant les yeux de son ouvrage.

«Tu retournes où?»

«Travailler», a-t-elle répété. «Le Dr Monroe, un dentiste d'ici, m'a proposé un mi-temps.»

«Je croyais que tu en avais ras le bol des dents. Je croyais que tu voulais étudier l'histoire de l'art.»

«L'histoire de l'art devra attendre», a déclaré Maman. «Pour le moment, j'ai décidé d'être plus raisonnable.»

J'ai regardé Papa. J'ai pensé: *C'est à cause du livre. Saleté de livre!* «Tu n'aurais pas besoin d'être raisonnable, hein, si Papa était directeur de l'Agence?»

«Peter!» Maman avait l'air en colère. «Ce n'est pas très gentil de dire une chose pareille.»

Je m'en fichais qu'elle soit en colère, parce que je l'étais aussi, moi.

«Calme-toi, Anne», a dit Papa. «Je crois que je comprends où Peter veut en venir. Il aimerait que je dirige l'Agence. Hein, Peter?»

«Bien sûr, tiens... tous les enfants voudraient que leur père soit directeur.»

«Mais je n'ai aucune envie d'être directeur de l'Agence», a dit Papa. «Et il faut que tu le comprennes. Par contre, je veux écrire mon livre. Et il faut parfois faire ce qui nous tient le plus à cœur, même si ce n'est pas raisonnable.»

«Quant à moi, je n'ai jamais dit que j'en avais ras le bol des dents», a déclaré Maman. «J'ai dit que je voulais réfléchir à un changement de profession. Eh bien, je réfléchis. Ce sera très agréable de retravailler. Et si Papa n'était pas à la maison pour écrire son livre, moi je ne pourrais pas laisser Tootsie... tout s'arrange comme il faut... tu vois?»

«Non! Rien n'est pareil.»

«Comment ça?» a demandé Papa.

«Je ne sais pas... rien, quoi... Maman retourne travailler, toi tu écris un livre, puis nous sommes venus habiter ici, Tootsie est née... Mousse va à la maternelle... moi je suis en sixième... rien n'est pareil!»

«Et ça ne te plaît pas?» a demandé Maman. «C'est ça que tu voudrais nous faire comprendre?»

«Je ne sais pas si ça me plaît ou pas.»

«Les changements, on met du temps à s'y habituer, des fois», a reconnu Papa, «mais à longue échéance, c'est très sain.»

Je n'avais pas envie d'en entendre plus. Alors j'ai dit: «Est-ce que je peux téléphoner à Jimmy, ce soir?»

«Bien sûr», a dit Papa. «Vas-y.»

C'est Jimmy qui a décroché à l'autre bout du fil.

«Hé... comment ça va?» J'aurais parié qu'il mâchait quelque chose.

«Je ne sais pas. Rien n'est pareil. Je n'arrive pas à m'habituer.»

«Ouais, eh ben ici tout est pareil, sauf que tu es parti.» Il a dû avaler parce que sa voix s'est éclaircie. Il m'a parlé de l'école et des copains et de Sheila Tubman qui raconte à tout le monde que je lui manque horriblement. Et puis il a dit: «Peter, je dois t'avouer quelque chose.»

«Quoi?»

«Je me suis servi de ton rocher. Pas seulement pour m'asseoir dessus, je m'en suis *servi*. Tu comprends?»

«Ça ne fait rien. Ne t'inquiète pas pour ça.»

«Sans blague?»

«Je t'assure.»

«Tu es un copain formidable. Tu sais? Vraiment un copain formidable.»

«Moi aussi j'ai quelque chose à t'avouer. Je me suis servi de mon pendule. Je ne l'ai pas seulement regardé, je m'en suis servi pour m'endormir le soir.»

«Oh!»

«Du coup, j'imagine que nous sommes quittes.»

«Ouais, ouais.» Il n'avait plus tellement l'air de me trouver le copain le plus formidable du monde.

«J'ai vu un tableau de ton père, aujourd'hui», je lui ai dit, pour changer de sujet. «Le blanc avec des ronds noirs et le carré rouge.»

«Oh, celui-là! *Celui-là,* mon père l'a peint juste avant que ma mère parte vivre dans le Vermont. Un soir, ils se sont disputés comme des chiffonniers, et elle a balancé de la peinture rouge sur la toile. C'est pour ça qu'il y a un carré rouge. Et c'est pour ça qu'il s'appelle *Colère d'Anita.*»

Je ne savais pas quoi répondre, parce que d'habitude Jimmy ne parle jamais du divorce de ses parents. Alors j'ai encore changé de sujet. «Tu sais combien il coûte? Deux mille cinq cents dollars! Tu crois que quelqu'un voudrait mettre un prix pareil?»

«On voit bien qu'en art, tu n'y connais rien, Peter.» A sa voix, il devait de nouveau avoir la

bouche pleine. *Des bretzels,* j'ai pensé. «Les trois derniers tableaux de mon père se sont vendus deux
mille dollars chacun. Alors avant d'ouvrir ta vilaine
bouche, tu ferais mieux de savoir de quoi tu
parles!» Et il a raccroché.

Super! Juste ce qu'il me fallait. Mon meilleur ami qui me
raccroche au nez. Il va certainement rappeler dans dix
minutes.

Mais il n'a pas rappelé.

*   *

* *

J'ai attendu jusqu'à l'après-midi d'Halloween
pour lui téléphoner.

J'ai dit: «C'est moi. Je te demande pardon.»

«Pour quoi?»

«Tu sais... à propos du prix des tableaux de ton
père.»

«Oh, ça.»

«En plus, mes parents envisagent d'en acheter
un.»

«Lequel?»

«Tu sais... *Colère d'Anita.*»

«Oh, celui-là. Tu devrais leur dire d'en acheter
un autre. *Colère d'Anita,* c'est de l'arnaque. Même
mon père, il le dit.»

«Mais tu m'avais dit...»

«Je sais ce que j'ai dit.»

Pendant une minute nous sommes restés sans parler. Finalement j'ai demandé : «Alors, qu'est-ce que tu fais pour Halloween ?»

«Comme d'habitude, rien. Et toi ?»

«J'emmène Mousse pour *Trick or Treat**»

«Tu n'as pas pu y échapper ?»

«Je me suis proposé.»

«Tu t'es proposé ?» Je crois que là, il mâchait du chewing-gum. «Tu ne blaguais pas, alors, quand tu disais que rien n'était pareil !» Oui, il mâchait du chewing-gum. Il faisait une bulle, j'en étais sûr ! Il m'a même semblé entendre Clac ! quand elle a éclaté.

Mon père et ma mère n'en ont pas cru leurs oreilles quand je leur ai dit que j'emmènerais Mousse à *Trick or Treat*. Alex a promis de venir avec moi pourvu qu'on ne l'oblige pas à marcher à côté de Mousse ou à lui tenir la main pour traverser ou des trucs ridicules dans ce genre-là. Et puis, nous avons décidé de l'emmener tôt, ensuite de le raccompagner à la maison, et puis de ressortir tous les deux. Je sais qu'il meurt d'envie de venir avec nous, plutôt que d'y aller avec Papa et Maman, comme tous les petits de maternelle.

* NDT : Jeu populaire américain pratiqué par les enfants qui, selon la tradition, se déguisent la veille de la Toussaint pour effectuer une «tournée de petits fous» dans leur entourage, qui les reçoit en leur distribuant des petits cadeaux. La phrase rituelle est Trick or Treat : Donnez-moi quelque chose ou je vous joue un tour.

Alex est passé me chercher à six heures et demie. Et quand je l'ai vu arriver, je n'en ai pas cru mes yeux! Il était déguisé. Avec un drap sur lequel il avait peint des ronds noirs et un carré rouge.

«Je suis *Colère d'Anita*. Ça te plaît?» Il a tournoyé, bras écartés.

«C'est original.»

«Et toi, tu es en quoi?»

«Moi?» Je portais le même jean et la même chemise de flanelle que le matin en classe.

«Lui, c'est un sixième», a dit Mousse. «Et Tootsie un bébé, et Tortue un chien et Maman une maman et Papa un papa, mais moi je suis un fantôme qui fait très très peur... Ouuuh.» Mousse a traversé la pièce en piqué.

«Alors, tu ne vas pas te déguiser?» s'est étonné Alex. «Même pas mettre un masque?»

«Bien sûr que si. Il est... euh... là-haut... Attends une minute, je vais le chercher.» Je suis monté au premier quatre à quatre et j'ai trouvé Maman qui changeait Tootsie. «Où est le déguisement de Mousse?»

Elle a pris un air perdu.

«Celui qu'il a reçu... tu sais... contre quatre couvercles de boîtes de céréales et vingt-cinq cents...»

«Oh, *ce* déguisement-*là*», a dit Maman, en saupoudrant le derrière de Tootsie de talc pour bébé. «Je ne sais pas trop.»

«Mais Maman… il me le faut tout de suite… alors je t'en prie, essaie de te souvenir.»

«Je croyais que tu avais décidé de ne pas te déguiser, cette année.»

«J'ai changé d'idée… Alex est en bas, il m'attend.»

«Voyons», a dit Maman, en scotchant la couche propre de Tootsie. «Il pourrait bien être rangé avec les jouets de Mousse. Il a toujours adoré ce déguisement. Regarde dans son armoire, dans la caisse à jouets rouge.»

J'ai couru jusqu'à la chambre de Mousse et ouvert son placard à toute volée. *La caisse à jouets rouge, la caisse à jouets rouge… voyons… la voilà!* Je l'ai tirée et je me suis mis à fouiller dedans, et tout au fond, dans une boîte à biscuits en fer, j'ai trouvé les montures de lunettes noires avec le faux nez, la fausse barbe et la fausse moustache. J'ai aussi déniché un vieux chapeau qui avait appartenu au grand-père Hatcher. Je lui ai redonné une forme et je l'ai posé sur ma tête, en plus du masque de Mousse. Je me suis regardé dans la glace de la salle de bains, et puis je suis redescendu à toute vitesse.

«C'est à moi!» a braillé Mousse quand il m'a vu.

«Je te l'emprunte, juste quelques heures…»

«Non… non… non!»

«Non? Okay… alors on ne t'emmène pas, Alex

et moi. Tu peux aller avec Maman et Papa, comme tous les petits de maternelle. Salut!» J'ai arraché les lunettes et le faux nez, j'ai tout jeté par terre, et j'ai vraiment fait mine de partir sans lui.

«Non! Reviens, Pee-tah.»

«Non, sauf si tu me prêtes ton masque.»

«Okay… mets-le… mais il est toujours à moi, hein?»

«Ouais, bien sûr. Il est toujours à toi.» Je me suis tourné vers Alex, qui secouait la tête. Il est toujours aussi dérouté par ma famille.

Nous avons empoigné nos troncs UNICEF et nos taies d'oreiller pour y empiler notre butin, et nous sommes partis.

Nous avons d'abord remonté un côté de la rue, et puis nous sommes redescendus de l'autre côté. Quand nous sommes arrivés près de la maison de Mme Muldour, Alex a dit: «Peut-être qu'en cadeau elle va nous donner des vers de terre.»

«Des vers de terre?» s'est étonné Mousse.

«Ouais», lui a dit Alex. «Elle adore les vers de terre.»

«Comme Oncle Plume, alors», a remarqué Mousse.

«Oncle Plume est un oiseau.»

«Pourquoi est-ce que tout le monde passe son temps à me répéter ça?» a demandé Mousse. «Je le *sais,* qu'Oncle Plume est un oiseau.» Il n'a plus rien dit pendant un moment, et puis il a repris : « Qu'est-ce qu'elle en fait, de ses vers de terre ? »

« Elle les mange », a dit Alex.

« C'est vrai ? » m'a demandé Mousse.

« On a bien l'impression. »

Nous avons remonté l'allée jusqu'à la maison de Mme Muldour et Alex a sonné à la porte.

« Si elle nous offre des vers de terre », a chuchoté Mousse, « on les donnera à Oncle Plume. »

« Chut... »

Mme Muldour a ouvert la porte. Elle était en survêtement. « Tiens... tiens... tiens... Quel mignon fantôme. »

« Je suis pas mignon... je fais très très peur ! » lui a dit Mousse. « Ouuuuuhhhh... »

Mme Muldour a porté les mains à son cœur. « Oh mon Dieu, tu es un fantôme effrayant. »

« Bonjour, Mme Muldour », a dit Alex.

« Bonjour, Alex. Vraiment original, ton costume. »

« Il s'appelle *Colère d'Anita* », a précisé Alex. « C'est un tableau que j'ai vu en ville qui m'a donné cette idée. »

Mme Muldour s'est retournée et a crié : « Beverly... Beverly. Viens voir... il *faut* que tu voies ça... »

Tout de suite, j'ai compris que c'était *elle*. Cou de

Girafe. Je l'ai su avant de voir sa tête. Je l'ai su à sa façon de s'approcher de la porte d'entrée et puis à cause de ses cheveux frisés.

«Voici ma fille, Beverly», nous a annoncé Mme Muldour. Et puis elle s'est tournée vers Beverly et elle a dit: «Alex est déguisé en tableau. Tu devines lequel?»

Beverly a examiné Alex. «Voyons, avec le fond blanc, les ronds noirs et le carré rouge... ce doit être *Colère d'Anita.*»

«C'est ça», a dit Alex.

J'ai eu envie de raconter à Beverly l'histoire de l'horrible dispute entre les parents de Jimmy, quand Mme Fargo avait balancé de la peinture rouge sur le tableau de M. Fargo et que M. Fargo l'avait appelé *Colère d'Anita,* le tableau, parce que c'est le prénom de la mère de Jimmy. J'ai eu envie de tout lui raconter. Mais j'ai repensé que j'avais raconté à Jimmy des histoires que je n'aurais racontées à personne, et je savais qu'à la place de Jimmy, je n'apprécierais pas que mon meilleur ami raconte mes secrets de famille au monde entier.

«C'est vrai que vous mangez des vers de terre?» a demandé Mousse tout à coup.

Je lui ai balancé un coup de poing, mais ça ne l'a pas arrêté.

«Pee-tah, il dit que vous en mangez tout le temps,

et Pee-tah il sait tout parce qu'il est très intelligent, sauf pour les questions pièges.»

Mme Muldour et Beverly se sont regardées.

Mousse a continué: «Alors, c'est vrai?»

«C'est vrai, quoi?» a demandé Mme Muldour.

«Que vous avez mangé des vers de terre pour le dîner, ce soir?»

Alex a laissé échapper un grognement. Moi, je voyais déjà nos affaires s'écrouler.

Mme Muldour a souri à Mousse: «Oui, bien sûr.»

Beverly a ajouté: «Rien ne vaut les vers de terre préparés à la maison. Et puis personne ne les cuisine comme ma mère.»

«Nous en mangeons en guise de chou-fleur», a précisé Mme Muldour. «Il faut prendre les vitamines où on les trouve.»

«Alors, vos vers de terre, ils sont aux treize vitamines?» a demandé Mousse.

Alex a poussé un autre grognement.

«Oui, mes vers de terre sont aux treize vitamines», a dit Mme Muldour. «Ils sont bourrés d'éléments nutritifs. Sans agent de conservation, aucun additif. Naturels!»

On aurait presque cru un spot publicitaire pour les vers de terre. J'imaginais déjà le speaker annoncer: «*Achetez les vers de terre aux treize vitamines de Mme Muldour... ils sont bourrés d'éléments nutritifs...*

ajoutez-les hachés dans vos plats préférés, mélangez-les à vos milk-shakes, servez-les à la place du chou-fleur dans les grandes occasions...»

Mme Muldour a proposé à Mousse: «Tu veux goûter à mes petits gâteaux aux vers de terre?»

«Oui», a répondu Mousse, en la suivant dans la maison.

Nous avons traversé toute la maison jusqu'à la cuisine. Sur la paillasse, il y avait une grande assiette de petits gâteaux.

«Tout frais sortis du four», a annoncé Mme Muldour.

«On dirait des tuiles au chocolat», a remarqué Mousse.

«C'en est», lui a dit Mme Muldour. «Des tuiles vers de terre-chocolat.»

«De quel *côté* il est, le ver de terre?» a demandé Mousse.

Mme Muldour a ri. «On ne peut pas les voir, les vers de terre. Je les hache, et puis je les mélange à la farine.»

Comme dans ma pub, j'ai pensé.

«Vas-y», a dit Mme Muldour, en tendant le plat de biscuits à Mousse. «Prends-en un.»

Mousse a choisi un biscuit et l'a porté à sa bouche. Au dernier moment, il a hésité. On voyait bien qu'après tout il n'était pas tout à fait sûr de vouloir y goûter, aux tuiles vers de terre-chocolat de Mme Muldour.

Beverly en a pris un et se l'est fourré tout entier dans la bouche.

«Mmmm. Ils sont vraiment délicieux, Maman.» Elle en a pris un autre et n'en a fait qu'une bouchée. Et puis elle s'est frotté les mains pour se débarrasser des miettes.

Mousse a mordu dans son biscuit. Il l'a mâché très lentement. «C'est bon. On ne sent même pas le goût du ver de terre.»

Mme Muldour nous a tendu le plat, à Alex et moi. Nous avons pris chacun un biscuit.

Mousse a demandé s'il pouvait en manger un autre, et Mme Muldour a dit qu'elle avait une meilleure idée. Elle lui en a enveloppé quelques-uns pour qu'il les emporte.

Quand nous sommes rentrés à la maison, Mousse a renversé le contenu de sa taie d'oreiller sur la table de la salle à manger. Il a partagé son butin en tas et a tout compté. «Onze Smarties, sept Crunch sans amande... trois avec... deux Milky Way... un Granola... quatre pommes... et six biscuits aux vers de terre...»

«Qu'est-ce que tu dis?» a demandé Maman.

«Rien, Maman... Il n'a rien dit du tout... hein, Mousse?»

«Tiens, Maman…» a dit Mousse, «prends un biscuit. C'est Mme Muldour qui les a faits.»

«Merci», a dit Maman. Elle a goûté. «Mmm… délicieux. Je me demande où elle a trouvé sa recette.»

«C'est une très vieille recette de famille.»

«Et ils sont aux treize vitamines et…»

Je ne l'ai surtout pas laissé finir. «Sans agent de conservation… sans additif… treize vitamines… et bourrés d'éléments nutritifs… hein, Mousse?»

Il a répondu: «Oui, Pee-tah.» En souriant, et j'ai vu qu'il avait compris.

Chapitre 9
Super-Mousse

Mousse a un ami. Il s'appelle Daniel. Il est grassouil-
let, avec un tas de cheveux roux et des oreilles
encore plus décollées que les miennes. La première
fois que je l'ai vu, il était planté devant la cage
d'Oncle Plume, et faisait une conférence à Mousse.

«Les mainates viennent des Indes et d'autres par-
ties de l'Asie. Le mainate commun est un oiseau
effronté, un peu plus gros qu'un rouge-gorge.»

«Rouge-gorge... rouge-gorge...» a répété Oncle
Plume.

«Tais-toi et écoute», a dit Mousse à Oncle Plume.
«Tu ne veux pas en savoir plus long sur ton
compte?»

Daniel a poursuivi: «Le mainate est un oiseau
bruyant, sociable...»

J'ai dit: «C'est bien vrai!» sur le pas de la porte
où j'étais resté à écouter.

Daniel s'est retourné et m'a dévisagé. «Qui tu es,
toi?»

«Peter... le frère *aîné* de Mousse. Et toi?»

«Daniel Manheim. J'ai six ans. J'habite 432 Vine Street. Ça te défrise?»

La dernière phrase, il l'a dite avec une voix de gros dur, ce qui a donné: «Ça te défriseuh?»

Je lui ai répondu: «Pas spécialement», en essayant de ne pas éclater de rire.

Daniel est revenu à Oncle Plume. «Beaucoup de mainates apprennent à imiter la voix humaine. Ils savent parler, chanter et siffler. Le mainate commun est du genre *acridotheres,* espèce *a-tristis.*

«Daniel est un spécialiste des oiseaux», a dit Mousse.

«Je vois ça.»

«Tu veux que je te parle du vautour?» a demandé Daniel.

«Une autre fois.»

* * *

Dimanche, Daniel est venu déjeuner chez nous. «Tu préfères du beurre de cacahuètes ou du thon?» lui a demandé Maman.

«Du thon», a répondu Daniel. «Ça te défrise?»

«Non», a répondu Maman, un peu surprise. «Du thon, c'est parfait.»

«Où est la télé?» a demandé Daniel. «Je regarde toujours la télé quand je mange.»

«Elle est au salon», a dit Mousse.

«Il n'y a pas de télé dans la cuisine?» a demandé Daniel.

«Non», a répondu Maman.

«Vous n'avez pas de chance», a remarqué Daniel, en repoussant sa chaise. Il s'est levé. «Je crois bien que je vais aller déjeuner au salon.»

«Nous ne regardons pas la télé en mangeant», a dit Maman. «Alors assieds-toi et attends que le déjeuner soit prêt.»

Daniel a fait la grimace. «Je n'ai pas beaucoup d'appétit, sans télé.»

«Si tu n'as pas faim, ne mange pas», lui a conseillé Maman. «A mon avis, la télé n'y change pas grand-chose.»

Moi, je pensais que de toute façon, sauter un repas ou deux, ça ne pouvait pas lui faire de mal.

«Je regarde le *Muppet Show, Un, Rue Sésame,* et *Les Petits Génies*», a dit Mousse, comme si ça pouvait intéresser quelqu'un. «Et tous les spots publicitaires. Je n'en rate jamais un. C'est ce que je préfère. Avant, mon père écrivait des pubs, maintenant, il écrit un livre. Un jour, j'ai tourné dans une pub. Je faisais du Vélo-Porteur.»

«C'est pas vrai!» a dit Daniel.

«Si c'est vrai!» a protesté Mousse.

«Je te crois pas!» a insisté Daniel.

Maman a posé les sandwiches au thon et deux verres de lait sur la table.

«Je déteste les oignons», a annoncé Daniel. «Et les haricots secs et les petits pois. Et puis je n'aime que le lait chocolaté et je retire toujours la croûte de mon pain.»

«Il n'y a ni oignons, ni haricots ni petits pois dans le thon», a dit Maman. A sa voix, je sentais bien qu'elle était prête à dire à Daniel que si ça ne lui plaisait pas, il pouvait toujours aller voir ailleurs. Mais elle est retournée chercher le Choco dans la réserve. «Tu peux en mettre autant que tu veux.» Puis elle a dit, en retirant la croûte du sandwich de Daniel: «Voilà... maintenant ça devrait aller.»

«Hein Maman, que j'ai fait une pub?» a dit Mousse.

«Oui», a répondu Maman. «Mousse a tourné le spot publicitaire du Vélo-Porteur.»

«Tu vois, je te l'avais dit.»

«On t'a payé?» a demandé Daniel.

«Je sais pas», a répondu Mousse. «J'ai été payé, Maman?»

«Je n'étais pas là, Mousse... tu te souviens? J'étais partie voir Tante Linda et son bébé à Boston.»

«Oh! c'est vrai», a dit Mousse. Et puis il s'est tourné vers moi. «J'ai été payé, Pee-tah?»

«Tu as eu tous les Petit Lu que tu voulais.»

«J'ai eu des Petit Lu», a dit Mousse à l'intention de Daniel.

«Je déteste les Petit Lu!» a dit Daniel.

*
* *

Le même jour, exactement, où Daniel mangeait chez nous son sandwich sans oignon, sans petits pois, sans haricots et sans croûte, Tootsie a appris à ramper. Une minute plus tôt, elle roulait les quatre fers en l'air, et celle d'après elle avançait sur le parquet. Maman a couru chercher Papa; il est monté quatre à quatre chercher sa caméra. Et tout le reste de la journée nous avons fait des films de famille. Tootsie était notre star.

Seul Daniel restait froid. Il a fait cette remarque : «Tous les bébés rampent.»

Après une semaine à ramper comme ça, Tootsie est devenue championne. Elle avançait si vite qu'il était difficile de la suivre. Et puis elle a appris aussi à se hisser debout. On ne pouvait plus rien laisser traîner. Tout ce qu'elle trouvait, elle se le fourrait dans la bouche. Et elle trouvait n'importe quoi, des crayons, des bobines de fil, des Légo et même le carnet de notes de Papa. Elle en a mâchonné trois pages, un après-midi, et Papa a dû passer une soirée entière à les recoller.

Maman et Papa ont décidé d'aménager la maison

pour Tootsie. Ils ont retiré tout ce qu'elle risquait d'atteindre. Tootsie était très contente d'elle. Elle disait: «Oga bah fah poum.»

Tortue a appris à ramper, lui aussi. Il avançait sur le sol, aplati sur le ventre, et Tootsie le poursuivait en riant aux éclats. Ils étaient drôlement bons copains, tous les deux.

Moi, je laissais la porte de ma chambre tout le temps fermée. Il valait mieux ne pas prendre le risque. Papa a installé un portillon en haut des escaliers, et un autre en bas.

Il fallait tout le temps faire attention de ne pas marcher sur Tootsie. Elle était presque toujours dans nos jambes.

«Mets-la dans son parc», a hurlé Mousse, un jour où elle a déboulé dans ses Légo et a tout éparpillé.

«Il faut la laisser libre de tout explorer», a expliqué Maman.

«Ouais, mais tant pis pour elle si elle se fourre dans mes pattes», a prévenu Mousse. «Il faudra qu'elle apprenne que je suis son *grand* frère!» Et crac, il lui a marché sur le bras et Tootsie a hurlé.

*
*   *

Le samedi suivant, Jimmy Fargo est venu me voir. Quand il a vu Tootsie foncer à plat ventre à travers le salon, il a dit : «Ouah… c'est dingue comme le bébé a grandi! Quand tu es parti elle n'était pas plus grosse que mon chat, et maintenant c'est un bébé normal.»

«Puit… pouit…» a dit Tootsie, en s'accrochant à mes jambes pour se mettre debout.

«Qu'est-ce qu'elle dit?» a demandé Jimmy.

«Rien… c'est du langage bébé.»

Jimmy a été encore plus impressionné par Oncle Plume que par Tootsie.

«Ouah… sacré oiseau», a dit Jimmy.

«Et il parle italien.» J'ai demandé à Jimmy : «Dis buongiorno.»

«Buongiorno, petit oiseau», a dit Jimmy.

«Buongiorno, imbécile», a répondu Oncle Plume.

J'ai éclaté de rire. Mais pas Jimmy.

«Hé! triple buse… je m'appelle Jimmy. Tu ne sais pas dire ça? *Jimmy.*»

«Dire ça… dire ça…»

«Non, andouille! *Jimmy!*»

«Andouille Jimmy… andouille Jimmy…»

«Non… c'est Jimmy tout court!»

«Jimmy tout court… Jimmy tout court…»

«Je laisse tomber, hé! triple buse!»

«Buse… buse… Jimmy buse…»

«Arrête!» a hurlé Jimmy.

«Arrête… arrête…»

«Bon, j'abandonne!»

«Abandonne... abandonne... abandonne...»

Jimmy a fini par rire. «Sacré oiseau!»

Alex est venu faire la connaissance de Jimmy. Il a dit: «Alors, c'est toi le divin Jimmy Fargo.»

«Qui a dit que j'étais divin?» a demandé Jimmy.

«Eh ben... rien que d'entendre Peter parler de toi tout le temps...»

«Ouais... rien que de l'entendre parler de toi, aussi, j'imagine que tu es le divin Alex Santo.»

«Exact», a dit Alex.

«Eh bien, alors moi je suis bien le divin Jimmy Fargo.»

Après ça, ça a été de pire en pire. C'est dur de se retrouver pris entre ses deux meilleurs amis.

Je crois que Maman a senti que je passais un mauvais quart d'heure, parce qu'elle a dit: «Ça vous plairait, les garçons, d'aller au cinéma cet après-midi?»

«Qu'est-ce qui passe?» a demandé Jimmy.

«*Superman*», a répondu Maman.

«Je l'ai déjà vu», a dit Jimmy.

«Moi aussi, mais je veux bien le revoir.»

«Moi je l'ai déjà vu deux fois», a dit Jimmy.

«Et moi, jamais», a dit Alex.

«C'était encore mieux la seconde fois», a remarqué Jimmy.

«Alors je parie que ce sera encore bien mieux la troisième», a dit Maman.

«Okay», a dit Jimmy. «Je viens.» Il s'est accroupi pour renouer ses lacets.

Maman a dit : «Magnifique! Et si vous emmeniez Mousse et Daniel, tous les trois?»

Je me suis rapidement concerté avec Alex et Jimmy.

«Ça m'est égal que Mousse vienne avec nous, pourvu que je ne sois pas obligé de m'asseoir à côté de lui», a dit Jimmy.

«Moi aussi», a dit Alex. «Et je ne m'assiérai pas non plus à côté de l'autre. L'autre, c'est un sacré casse-pieds.»

«Moi pareil», a dit Jimmy.

«Je comprends», a dit Maman.

«Affaire conclue», j'ai dit à Alex et Jimmy.

Nous sommes descendus à pied au centre ville. Mais il était encore trop tôt pour acheter les billets, alors nous avons montré à Jimmy le tableau de son père dans la vitrine de la galerie.

«Je me suis déguisé en *Colère d'Anita* pour Halloween», a raconté Alex. «Mon costume était extraordinaire. C'est vrai, puisque c'est moi qui le dis.»

«Tu ne serais pas un peu vantard, des fois?» a dit Jimmy.

«Je t'assure.»

«Il me dépasse, ce type», m'a chuchoté Jimmy à l'oreille.

J'ai répondu tout bas : «D'habitude, il n'est pas comme ça.»

Je n'aurais jamais dû les faire se rencontrer. Ils ne pouvaient vraiment pas se supporter. Et moi j'étais malheureux comme tout.

J'ai proposé, en essayant d'avoir l'air enthousiaste : «Hé, si on entrait présenter Jimmy à Beverly ?»

Beverly nous a accueillis. «Tiens, mais c'est Alex et Peter, et Mousse !»

«Et Daniel Manheim», a dit Daniel. «J'ai six ans. J'habite 432 Vine Street.»

«Enchantée», a répondu Beverly.

«Et voici Jimmy Fargo. Vous savez... *Fargo...*»

«Le fils de Frank ?» a demandé Beverly.

«Exactement.»

«J'adore les tableaux de ton père», a dit Beverly. «Ils sont si originaux.»

«Il travaille sur une nouvelle toile, en ce moment», a dit Jimmy. «Elle s'appelle *Salamis à la Parade.*»

«C'est fascinant !» s'est exclamée Beverly.

«Mon père adore le salami», a dit Jimmy. «Ce qu'il préfère, ce sont les sandwiches au salami avec des oignons.»

«Je déteste les oignons», a dit Daniel.

J'ai dit: «On sait.»

«Salami et oignons», a repris Jimmy, «mon père, il serait capable de ne manger que ça. Du salami et des oignons!»

Beverly a éclaté de rire. «Je parie qu'embrasser les filles, ça ne le préoccupe pas beaucoup.»

«C'est vrai», a reconnu Jimmy. «C'est ma mère surtout qui aime ça, les baisers. C'est pour ça qu'elle est partie dans le Vermont.

«Eh bien», a dit Beverly, «j'aimerais beaucoup le rencontrer, ton père.»

J'ai dit, en pensant que Beverly et M. Fargo se plairaient sûrement beaucoup: «On peut peut-être arranger ça.»

Et Jimmy devait penser à la même chose, parce qu'il a dit: «Du salami et des oignons, il n'en mange quand même pas tous les jours. Le dimanche, il préfère du saumon fumé avec des œufs.»

«Je déteste les oignons et les haricots secs et les petits pois», a dit Daniel. «Je déteste la croûte du pain et je ne bois que du lait chocolaté.»

«Tu fais bien des manières», a remarqué Beverly.

«Oui», a dit Daniel. «Ça te défrise?»

«Non», a rétorqué Beverly. «Pas du tout.»

«Il faut que nous y allions maintenant. Nous allons voir *Superman*.»

«Amusez-vous bien», a dit Beverly.

Je me suis demandé si, à part nous, il y avait des gens qui entraient dans la galerie. Je n'avais jamais vu de client là-dedans.

Dehors, une file d'attente s'était formée devant le cinéma.

Nous allions nous mettre tout au bout, quand j'ai aperçu Joanne McFadden. Elle était avec Sharon, qui a toujours le nez ou en l'air ou par terre. Et Elaine qui aime donner des coups de poing dans le ventre aux copains.

Je pense que Joanne m'a aperçu aussi, parce qu'elle a crié : « Peter... » et m'a fait signe d'approcher. « Donne-moi ton argent, je vais acheter tes tickets. Comme ça, pas la peine de faire la queue. »

Maman m'avait donné assez pour inviter Alex, Jimmy et Daniel, alors j'ai passé le billet à Joanne et je me suis mis juste derrière elle. Quand le vent soufflait un peu, ses cheveux me balayaient la figure, et je ne bougeais pas, même si ça me chatouillait le nez.

« Alors », a dit Elaine, quand nous avons eu nos tickets, « tu nous le présentes, ton copain ? » Du menton elle a montré Jimmy.

« Oh, c'est vrai. Jimmy, je te présente Elaine, Sharon et Joanne. »

Jimmy a lancé un très long regard à Sharon. Sharon, elle, elle avait le nez en l'air.

«Je suis Daniel Manheim», a dit le petit monstre. «J'ai six ans. J'habite 432 Vine Street.»

«Parfait», a dit Elaine. «Et toi, qui tu es?» a-t-elle demandé à Mousse.

«Mousse Hatcher.»

«C'est ton petit frère?» m'a demandé Joanne.

«Uh huh.»

«Je ne savais pas que tu avais un petit frère aussi mignon.» Joanne ne m'avait jamais dit une phrase aussi longue d'un coup.

Mousse a souri. «Le mignon... c'est moi.»

«Moi, je suis Daniel Manheim. J'ai six ans.»

«On commence à le savoir», a coupé Elaine.

«Ça te défrise?» a répliqué Daniel, plus gros dur que jamais.

«Ouais», a dit Elaine. «En garde!»

Elle a serré les poings et les a agités sous le nez de Daniel.

Daniel s'est mis à pleurnicher. «Non, tape pas... s'il te plaît, tape pas... j'ai six ans, moi...» Il a enfoui son visage dans ses mains.

«Je ne vais pas te taper, bidule!» a rigolé Elaine. «Je ne tape que sur les gars de mon âge. Hein, Alex?» Et sur ces mots, elle lui a collé un gnon dans le bide.

«Arrête, espèce de...» Alex a hurlé un tas d'injures à Elaine.

Daniel sautillait sur place en chantant: «Il a dit des gros mots... il a dit des gros mots...»

«La ferme!» a dit Elaine à Daniel. «Ou je t'assomme.»

«Tu as promis de me laisser tranquille», a pleurniché Daniel. «Et puis je t'ai dit, je n'ai que six ans.»

«Et si vous laissiez tomber», a suggéré Sharon, le nez par terre.

Nous sommes entrés et nous nous sommes d'abord arrêtés au stand de confiserie pour acheter du pop-corn et des Cocas. Ensuite nous avons trouvé des places pour les bébés de maternelle, nous les avons installés, et puis nous avons retraversé la salle et de l'autre côté nous avons trouvé une rangée libre pour nous six. Alex est passé le premier, et puis Jimmy, et puis moi, et puis Joanne, Sharon et Elaine. Je me suis demandé si Joanne avait prévu de s'asseoir à côté de moi, comme moi j'en avais eu l'intention.

Quand le film a commencé, Joanne m'a proposé un peu de son pop-corn, et quand j'ai tendu la main vers la boîte, nos mains se sont touchées. Après je lui ai proposé un peu de mon pop-corn, comme ça nos doigts se sont touchés encore. Les miens, ils étaient tout graisseux, mais tant pis, hein? J'ai commencé à me détendre, à penser que j'étais assis à côté de Joanne bien plus qu'au film, mais c'était peut-être parce que je l'avais déjà vu.

Et puis, juste quand Superman va embrasser Loïs Lane, j'ai senti un truc glacé me couler dans le dos, et j'ai poussé un petit cri.

Mousse était accroché au dossier de mon siège; dans la main, il serrait une poignée de glaçons qu'il avait sortis de son Coca.

«Salut, Pee-tah…»

«Espèce de petit…» Trop tard, il remontait déjà l'allée à toute vitesse.

«Tiens…» a dit Joanne, en me tendant un Kleenex.

«Tu pourrais m'aider? Je n'arriverai jamais à m'essuyer le dos jusqu'en bas.»

Joanne m'a épongé le cou et puis le dos. Et quand elle a eu terminé, elle a posé sa main tout près de la mienne. Et puis tout d'un coup, sans que je sache comment, on était main dans la main. La sienne était douce mais toute froide.

Quand le film s'est terminé, Joanne, Sharon et Elaine sont reparties de leur côté et nous du nôtre.

«Alors, ça fait quoi d'être amoureux?» m'a demandé Alex.

J'ai dit: «Tu débloques?»

«Tu débloques?» a répété Alex, en me singeant.

Et Jimmy a dit: «Alors le mariage, c'est pour quand?»

«Ça suffit, hein!»

142

Le temps qu'on rentre à la maison, Alex et Jimmy discutaient et rigolaient comme de très vieux copains, et moi je me sentais mis à part.

Papa avait préparé un grand plat de spaghetti, et Daniel le reluquait drôlement jusqu'à ce que Maman dise combien d'oignons il y avait dans la sauce. Encore plus fort, elle avait fait chauffer une boîte de petits pois pour accompagner les spaghetti. Ça c'était marrant, parce qu'avec les spaghetti, d'habitude, on ne mange que du pain et de la salade.»

«Je déteste les oignons, et les petits pois», a dit Daniel. «Vous n'avez rien d'autre?»

«Non, rien», lui a répondu Maman.

«Alors je vais rentrer chez moi, je crois», a déclaré Daniel.

Il m'a bien semblé que Maman souriait.

Après le dîner, Alex est passé chez lui chercher son sac de couchage, et Jimmy et lui ont dormi tous les deux par terre dans ma chambre. Je me demandais pourquoi je n'étais pas plus content qu'ils s'entendent si bien. S'ils s'aimaient bien, ça ne voulait pas dire qu'ils ne m'aimaient plus. Mais je n'étais pas tellement convaincu.

* * *

Pendant toute la semaine suivante, Mousse s'est baladé en parlant tout seul. «Pour son entourage il est Mousse Hatcher, un garçon normal. Seuls son fidèle mainate et son ami Daniel connaissent la vérité. *Plus rapide qu'une balle, plus puissant qu'une locomotive...*"»

*
* *

Il m'a demandé un matin: «Tu te souviens de quand je suis né?»

«Oui.»

«Est-ce que j'ai vraiment grandi dans le ventre de Maman?»

«Oui.»

«Oh!» il a dit, l'air très déçu.

«Pourquoi?»

«Parce que si j'ai vraiment grandi dans le ventre de Maman, alors je ne peux pas être venu d'une autre planète.»

«Crois-moi, tu viens vraiment de la planète Terre.»

Quelques jours plus tard, Daniel a raconté à Mousse qu'il avait été adopté tout petit. «Alors Daniel, il vient peut-être d'une autre planète!» a conclu Mousse.

Ça expliquerait beaucoup de choses.

«Peut-être aussi qu'il sait voler.»

J'ai dit: «N'y compte pas.»

* NDT:... C'est Superman!

«Daniel est mon meilleur ami», a déclaré Mousse. «Si jamais il vient d'une autre planète, alors il m'emmènera la visiter.»

«Extra. Surtout, prenez votre temps.»

«Tu es jaloux parce que toi tu n'as pas de copain qui sait voler.»

«Je n'ai même pas de copain qui vienne d'une autre planète.»

«Dommage pour toi, Pee-tah!» Et il est parti, en battant des bras, et en criant: «C'est un oiseau... c'est un avion... c'est Superman!»

Chapitre 10
Le père qui ?

Mon père s'est inscrit à un cours de cuisine chinoise. Il a acheté un wok, c'est une grosse casserole ronde, et quatre livres de recettes. Presque tous les soirs, il était assis au coin du feu, à les lire.

J'ai suggéré : «Quand tu auras terminé ton livre, tu pourrais peut-être ouvrir un restaurant chinois.»

«Je n'ai pas l'intention d'ouvrir un restaurant», a répondu Papa, en continuant de feuilleter *La cuisine chinoise de A à Z.*

«Moi, je te disais ça parce que le père de Jimmy Fargo, avant il était comédien, et maintenant il est peintre. Alors je croyais que tu voulais passer de la publicité à la cuisine.»

«Non!» a répondu Papa. «La cuisine ça sera un hobby, pas un métier.»

«Oh!» Et puis j'ai ajouté : «C'est parce que j'aime savoir ce qu'il se passe, et des fois vous oubliez de me le dire.»

«Il ne se passe rien», a dit Papa. Il a regardé deux ou trois pages, et puis il s'est tourné vers Maman.

«Qu'est-ce que tu dirais de ça, pour demain soir ?

Poulet sauté aux oignons nouveaux, champignons, pousses de bambou et gingembre?»

«Ça me paraît très appétissant.»

«Du cacao avec des biscuits, ça, c'est appétissant», a déclaré Mousse. On ne l'entendait pas, ce soir-là. Il était allongé par terre avec un bloc de papier et un gros crayon vert.

«Qui encore vote pour le cacao et les biscuits?» a demandé Maman, en quittant son fauteuil préféré avec un bâillement.

«Moi.»

«Voilà qui fait l'unanimité», a remarqué Papa.

«C'est quoi, *l'unanimité?*» a demandé Mousse.

«C'est quand tout le monde est d'accord.»

«Tout le monde est d'accord», a répété Mousse. «C'est chouette. J'aime bien quand tout le monde est d'accord.»

«Qu'est-ce que tu dessines en t'appliquant comme ça?»

«Je dessine pas... j'écris.»

«Qu'est-ce que tu écris?»

«Une lettre au Père Noël.»

«Ce n'est pas un peu tôt? On mange encore les restes de la dinde de Thanksgiving*?»

«On ne s'y prend jamais trop tôt», a remarqué Mousse.

* NDT: Fête annuelle le 4ᵉ jeudi du mois de novembre.

«D'où tu sors ça?»

«C'est Mamie qui le dit.»

«Il me semblait bien.»

«Voilà qui fait l'umanimité», a déclaré Mousse.

«Hé, Papa, il faudrait que tu y réfléchisses à deux fois avant d'employer des mots compliqués devant lui. Il en écorche un autre, maintenant.»

«Ecorche… écorche… écorche…» a gazouillé Mousse.

Je lui ai dit, en rigolant: «Ça doit être drôlement dur d'écrire une lettre quand on ne sait pas écrire.»

«Je sais écrire.»

«Depuis quand?»

«Depuis que je suis né.»

«Très drôle.»

«C'est pas parce que tu me vois jamais écrire que je sais pas. Hein, Papa?»

«Bien raisonné, Mousse», a remarqué Papa.

J'ai dit en me demandant tout d'un coup si par hasard ce gamin ne saurait pas écrire: «Fais-moi voir cette lettre.» *Peut-être que c'est une sorte de génie et que moi je n'en sais rien parce que les parents me le cachent: parce que moi je n'ai rien d'exceptionnel. Peut-être qu'ils savent déjà qu'il va sauter le cours préparatoire et la dixième. Et peut-être qu'il sautera aussi toute l'école primaire et qu'il passera directement en cinquième l'année prochaine, en même temps que moi. Ou pire, il fera peut-être partie de ces gosses qui commencent l'université à douze ans. On parlera de lui dans tous les journaux. Et les gens me diront: «Hatcher... Mmmm, ce nom me dit quelque chose. Tu ne serais pas par hasard de la famille de ce petit génie, Mousse Hatcher, non?»* Et il faudrait que je reconnaisse: «Si, c'est mon petit frère.» *Alors ils se gratteront la tête et ils diront: «Ouah... dommage que ça n'ait pas un peu déteint sur toi.» Et puis ils éclateront de rire et ils me planteront là.*

J'ai allongé le bras pour attraper la lettre de Mousse. Je l'ai regardée avec attention, et drôlement soulagé, j'ai dit: «C'est juste des gribouillis.»

«C'est pas vrai!» a protesté Mousse.

«Le Père Noël n'arrivera jamais à la lire.»

«Il lira le plus important.»

«Il n'y a qu'un mot compréhensible: *Vélo.*»

«C'est ça, le plus important», m'a dit Mousse, en m'arrachant sa lettre des mains.

«Je vais t'aider à écrire une *vraie* lettre.»

«*C'est* une vraie lettre.»

«Je vais t'aider à en écrire une pour aller avec la tienne, au cas où le Père Noël ne comprendrait pas bien ce que tu veux.»

J'ai vu que Mousse réfléchissait à ma proposition. Quand il réfléchit fort, il fait claquer ses lèvres et il ressemble à un singe.

«Okay!» Et il m'a passé le crayon vert et une feuille blanche. «Je vais te dire quoi mettre.» Il s'est penché par-dessus mon épaule et a commencé à dicter.

«*Cher Père Noël... S'il te plaît apporte-moi une bicyclette. Je la veux rouge, comme celle de Pee-tah.*»

«Allez, sois un peu original. Demande une bicyclette bleue, ou une jaune.»

«*Rouge, comme celle de Pee-tah. Et sans stabilisateurs. Les stabilisateurs, c'est pour les bébés.*» Il s'est arrêté.

«Continue.»

«C'est tout. J'ai fini. Je peux signer tout seul.» Il a inscrit *Mousse* en capitales au bas de la page.

«Tu n'ajoutes pas ton nom de famille?»

«Non.»

«Et si le Père Noël se trompait?»

«Mais non.»

«Comment tu le sais?»

«Il n'y a pas tellement d'enfants qui s'appellent Mousse. Bon, au cas où, je vais mettre un H après mon prénom. Comme ça, il saura qui c'est.»

Maman est revenue de la cuisine avec un plateau, et nous nous sommes tous étalés par terre pour manger nos biscuits avec du cacao.

«Je posterai ta lettre demain», a dit Papa à Mousse.

«Tu connais l'adresse du Père Noël?» a demandé Mousse.

«Oui», a dit Papa.

«C'est quoi?»

«Euh... je ne m'en souviens pas, mais je l'ai dans mes dossiers», a dit Papa, et Maman et lui se sont souri.

*   *
*

«Daniel aussi demande un vélo», a raconté Mousse deux jours plus tard. «Comme ça, on pourra aller tous les deux à l'école à bicyclette.»

«*Si* le Père Noël te l'apporte, ta bicyclette...»

«Et pourquoi il ne me l'apporterait pas? Je suis sage. Dis Maman, je n'ai pas été sage?»

Je n'ai pas attendu la réponse de Maman. «Il y a des tas d'enfants qui n'ont pas ce qu'ils veulent même s'ils le *méritent*. Il y a des tas d'enfants qui...»

«Pourquoi ils ne peuvent pas avoir ce qu'ils veulent?» a demandé Mousse.

«Parce que les jouets et les bicyclettes ça coûte cher!»

«Mais... le Père Noël, il ne paie pas.»

En avalant mon verre de lait, j'ai dit: «Ça ne marche pas tout à fait comme ça.»

«Alors, comment ça marche?»

«Demande à Maman ou à Papa. Ils t'expliqueront.» J'ai pris mes livres et remonté la fermeture éclair de mon blouson.

«Comment ça marche?» a insisté Mousse.

«Dépêche-toi, Mousse», a dit Maman, sans répondre à sa question, «sinon tu vas être en retard à l'école.»

*

* *

Quand je suis rentré à la maison, cet après-midi-là, j'ai coincé ma mère. «Je ne crois pas que ce soit une bonne idée de lui laisser croire au Père Noël. Il croit qu'il suffit de demander pour avoir tout ce qu'on veut. Il ne se doute pas qu'il y a des gens qui n'ont pas les moyens d'acheter des cadeaux. Tu devrais changer ça. Après tout, tu lui as bien expliqué d'où venaient les bébés. Comment un môme qui sait d'où viennent les bébés peut-il encore croire au Père Noël?»

«Tu ne comprends pas bien ce qui compte», a dit Maman. «Mais je suis d'accord, un jour ou l'autre il faudra qu'il sache que le Père Noël n'est qu'une invention.» Elle a soupiré. «Mais pour le moment il est si enthousiaste, et le Père Noël est une si jolie invention que Papa et moi avons décidé que ça ne pouvait pas faire de mal. Alors je t'en prie, Peter, marche avec nous encore un peu.»

«Je suppose que Tootsie aussi, elle aura droit à l'histoire du Père Noël?»

«Sans doute», a dit Maman.

«Eh bien, à mon avis, c'est idiot!» J'ai tourné les talons et je suis parti. Je ne me souvenais pas d'avoir cru une seule minute au Père Noël. Quand j'avais trois ans, j'ai surpris mes parents en train d'entasser des cadeaux sous le sapin. Et à cinq ans, je savais exactement où chercher les cadeaux qu'ils croyaient avoir soigneusement cachés. Et cette année, je savais déjà que Mamie allait m'offrir une calculatrice de poche et mes parents un radio-réveil. J'ai entendu Maman et Mamie en discuter au téléphone le week-end dernier. Des fois, je me dis que ce serait plus rigolo d'avoir la surprise le matin de Noël. J'aimerais bien que ma famille fasse plus d'efforts pour me cacher ces secrets-là.

*
* *

Ce soir-là, quand Tootsie a été couchée, Mousse nous a coincés pour nous faire écrire nos lettres au Père Noël. Il a dit: «La poule qui chante le soir n'a pas d'œuf le matin.»

«Qui t'a appris ça? Oncle Plume?»

«Non, la maîtresse», a répondu Mousse, très sérieux. Il nous a tendu à chacun un crayon et une feuille de papier. «Plus que trois semaines.» Et puis il s'est mis à danser en chantant: «Il fait une liste et deux fois la vérifie, pour savoir qui est méchant, qui est gentil, le Père Qui arrive en ville.»

«Le Père *Qui?*»

«Le Père *Noël!*» il a rigolé, en tapant des mains. «Tu piges? C'est une blague. Je dis Le Père Qui. Alors toi tu dis, Le Père *Noël?* Et moi je dis le Père *Noël...* t'as pigé?»

«Ouais, ouais... j'ai pigé.»

«Elle est bonne, hein?»

«Ouais, extra.»

«C'est Daniel qui me l'a apprise.»

«Pas étonnant.»

Mousse a posé ses mains sur ses hanches. «Et maintenant, dépêchez-vous d'écrire vos lettres au Père Noël.»

Plutôt que de discuter, nous avons obéi. Je me doutais de ce qui nous attendait après.

«Maintenant, tout le monde va me lire sa lettre tout haut. A toi d'abord, Pee-tah.»

J'ai lancé un regard à Papa et Maman. Ils ont hoché la tête, en signe d'encouragement. Alors, j'ai lu ma lettre, et pour la première fois depuis drôlement longtemps je me suis senti comme un bébé de maternelle.

Cher Père Noël,
S'il te plaît apporte-moi un ou plusieurs des cadeaux suivants: un radio-réveil, une calculatrice de poche, une chaîne

154

stéréo pour ma chambre, six bandes dessinées, et un petit
avion à télécommande.

Merci beaucoup.

Cordialement.   *Peter W. Hatcher*

«Comment est-ce qu'il saura quelles bandes dessinées tu veux, le Père Noël?» a demandé Mousse.

«Il n'a qu'à me donner un bon-cadeau. Comme ça, il ne perdra pas de temps à chercher.»

«Oh. Je ne savais pas que le Père Noël donnait des bons-cadeaux.»

«Le Père Noël peut donner tout ce qu'il veut.»

Mousse m'a cru sur parole et il a dit: «Maintenant, à toi, Maman.»

Quand Maman et Papa ont eu fini de lire leur lettre au Père Noël, Mousse a dit: «Et Mamie?»

«Je suis sûre qu'elle l'a faite, sa liste», a dit Maman.

«Et Tootsie?»

«Tootsie est trop petite pour écrire au Père Noël.»

«Alors tu vas écrire pour elle», a dit Mousse en poussant une autre feuille de papier vers moi.

«Il le faut vraiment?»

«Ce serait gentil, Peter», m'a dit Maman.

«Bon. *Cher Père Noël, s'il te plaît apporte-moi un ours*
en peluche et un canard à roulettes et... un...»

«Un paquet de biscottes», a continué Mousse. «Bon, pour elle ça suffit. Ce n'est qu'un petit bébé. Elle n'y connaît rien.» Mousse est resté silencieux un instant. Et puis il a demandé: «Et Tortue?»

«Oh, écoute... ça devient ridicule.» Et puis j'ai des devoirs à faire.»

Mais il a quand même arraché une autre feuille à son bloc.

J'ai écrit:

«*Cher Père Noël, s'il te plaît apporte-moi une balle en caoutchouc, des biscuits pour chien et un collier neuf. Cordialement, Tortue Hatcher.*

J'ai plié la lettre et je l'ai tendue à Mousse en disant: «Si tu crois que je vais en écrire une pour Oncle Plume, tu te fourres le doigt dans l'œil.»

Mousse a ri. «Oncle Plume n'a pas besoin de toi pour l'écrire, sa lettre.»

Daniel est passé à la maison le lendemain après-midi.

«Et toi, tu l'as écrite, ta lettre au Père Noël?»

«Moi, je suis juif», a répliqué Daniel. «Le Père Noël, je n'y crois pas.»

«Ah bon. Je croyais avoir entendu Mousse dire que tu avais demandé une bicyclette pour Noël.»

«Je fête Hanukkah, pas Noël. Et c'est vrai, j'ai demandé une bicyclette.»

«A qui tu l'as demandée?»

«A ma mère et à mon père. Qu'est-ce que tu croyais?»

«Je me disais qu'il y avait peut-être une Fée Hanukkah, ou un truc dans le genre.»

«Ce que tu peux être bête», a dit Daniel en se fourrant une poignée de bretzels dans la bouche.

«Merci, Daniel. Venant de toi, c'est un compliment.»

«Y a pas de quoi», a répliqué Daniel. Et puis il s'est éloigné en marmonnant: «Non mais, une Fée Hanukkah!»

*
* *

On a organisé une petite fête en classe, la veille des vacances avec de la bûche de Noël et du Punch des Isles. Je n'en ai pas bu, cette fois, même pas un petit verre, et pourtant j'avais drôlement soif. Mais c'était trop risqué. Nous avons tous dû pêcher un cadeau idiot dans un grand sac à surprises. Je suis tombé sur une paire de lèvres en plastique rouge. M. Bogner a apporté une branche de gui et nous a demandé ce que nous savions à ce sujet. Alex a levé la main et dit: «Si vous êtes en dessous, quelqu'un peut en profiter pour vous embrasser.»

«Rien d'autre?» a demandé M. Bogner.

Elaine a dit: «Si vous *voulez* qu'on vous embrasse, *essayez* donc de vous mettre en dessous.»

Tout le monde a rigolé.

«Rien d'autre, à part les embrassades?» a insisté M. Bogner.

Personne n'a répondu.

«Eh bien, alors... je crois qu'il faut que vous sachiez que le gui est une plante qui pousse en parasite sur le tronc des arbres. Les oiseaux picorent les petits fruits blancs et brillants que l'on appelle des baies, mais ces baies sont un poison pour l'homme. Les premiers Européens se servaient du gui comme d'une plante sacrée. Ceci explique sans doute pourquoi nous la cueillons à Noël.» Tout en parlant, il est allé au fond de la classe et a accroché la branche de gui tout près du vestiaire.

Plus tard, quand la cloche a sonné et que j'ai couru chercher mon manteau, je me suis retrouvé à côté de Joanne, sous le gui. Nous nous sommes regardés. Et puis elle s'est penchée et m'a embrassé sur la joue, très loin, tout près de l'oreille. En même temps elle est devenue toute rouge, et j'ai cru un instant qu'elle allait pleurer. Mais non. Alors je lui ai rendu son baiser, au même endroit, sauf qu'au dernier moment elle a tourné la tête, et je me suis retrouvé avec des cheveux plein la bouche.

*
* *

Le matin de Noël, Mousse nous a tous réveillés avant six heures. «Je l'ai... je l'ai!» il hurlait. «Une grande bicyclette rouge sans stabilisateurs. Merci... merci... merci, Père Noël... où que tu sois!»

Nous sommes tous descendus en trombe pour ouvrir nos cadeaux. Tortue a eu tous les cadeaux de sa liste, et Tootsie aussi, mais elle a préféré le papier d'emballage et les rubans à tout ce qu'il y avait dedans. En plus de ma calculatrice et du radio-réveil, j'ai eu une surprise – un bon-cadeau pour deux bandes dessinées!

A sept heures et demie, Maman a préparé une pile de crêpes. A dix heures, Papa s'est endormi sur le divan du salon, et Maman est tombée dans les pommes juste à côté.

* * *

Ce soir-là, Mousse m'a rejoint dans ma chambre. J'étais assis dans mon lit et je lisais le manuel d'instructions de mon radio-réveil.

«Tu m'apprendras à rouler à bicyclette?»

«Bien sûr, dès que la neige aura fondu.»

«Daniel dit qu'il va m'apprendre à rouler sur sa pelouse.»

«C'est complètement idiot!»

«Si tu tombes de bicyclette sur le goudron, ça fait mal, non?» a remarqué Mousse.

159

«Tu t'écorches les genoux, qu'est-ce que tu veux.»

«Les genoux écorchés, ça saigne, non?»

«Des fois.»

«J'aime pas saigner.»

«Ne t'inquiète pas.»

«Tu t'es écorché les genoux quand tu as appris à monter à bicyclette?»

«Deux ou trois fois. On ne tombe pas tant que ça... je t'assure.»

«Bon.» Il a grimpé sur mon lit et s'est renversé sur l'oreiller. «Le Père Noël ne t'a pas apporté tout ce que tu voulais, hein?»

«Je m'en doutais.»

«Je t'aurais bien acheté une chaîne stéréo, mais je n'avais pas assez d'argent.»

«Je me doutais bien que je n'aurais pas de chaîne stéréo. C'était pour rigoler.»

«Moi aussi», a dit Mousse.

«Comment ça?»

«Tout ce cirque avec le Père Noël...»

J'ai posé mon manuel d'instructions et je l'ai regardé. «Qu'est-ce que tu veux dire, *tout ce cirque avec le Père Noël?*»

«Je sais bien que le Père Noël n'existe pas.»

«Depuis quand tu le sais?»

«Depuis toujours.»

«Alors tu ne crois pas au Père Noël?»

Il a ri. «Non... t'es pas fou!»

«Alors pourquoi...»

«Parce que Maman et Papa pensent que j'y crois... alors je fais semblant.»

«Tu fais semblant? Tu veux dire que toutes ces lettres... et tout et tout...»

Il m'a souri. «Je joue bien la comédie, hein?»

«Tu es champion.»

Chapitre 11
Catastrophes

Papa a arrêté de parler de son livre. Je me doutais que ça n'allait pas très bien. A la place, il s'est mis à nous tenir des discours sur les légumes du potager et la façon de les cuisiner à la chinoise, ou alors sur l'équipe de hockey de Princeton. Il m'a emmené à tous les matches joués sur leur terrain. Quand Jimmy Fargo est venu me voir, Papa et moi on l'a emmené avec nous.

«La violence, j'adore», a déclaré Jimmy. «Le hockey, je trouve que c'est un jeu extra. C'est beaucoup plus saignant que le football, il y a plus de bagarres entre équipes.»

«Ce n'est *pas* l'objet du hockey», a protesté mon père. «C'est un jeu d'habileté, de rythme et de précision.»

«Ouais, bien sûr», a dit Jimmy. «Tout ça, je le sais. Mais c'est quand même extra de voir le sang rebondir sur la glace.»

«Le sang, ça rebondit sur la glace?»

«Ouais», a dit Jimmy, «et le vomi aussi. Tu sais,

c'est une question de rapport entre la température de la glace et celle du corps, alors...»

«Jimmy, je t'en prie!» a coupé Papa, qui devenait vert.

«Mais c'est vrai M. Hatcher. Ça rebondit sur la glace, les deux.»

«Peut-être», a dit Papa, «mais ce n'est pas pour ça que nous allons voir les matches.»

«Je sais», a repris Jimmy. «Mais c'est un à-côté rigolo.»

Papa a secoué la tête et a commencé à cocher les noms des joueurs sur la liste du programme.

Jimmy s'est penché au-dessus de moi et lui a tapé sur le bras. «Je ne suis pas un garçon violent, M. Hatcher. Ne vous y trompez pas. C'est simplement une façon saine de canaliser toute mon énergie agressive...»

J'ai dit: «Hé, Jimmy...»

«Quoi?»

«La ferme!»

«Okay... d'accord», a dit Jimmy, et il s'est tenu tranquille presque jusqu'à la fin de la troisième période, quand quatre joueurs ont commencé à se bagarrer. Alors il s'est levé et il a hurlé: «A mort... à mort...» Je l'ai tiré par la manche jusqu'à ce qu'il se rassoie.

Plus tard, quand moi j'étais au lit et Jimmy dans

son sac de couchage, il a dit: «J'ai vu la psychologue scolaire deux fois par semaine ces derniers temps. Elle dit que j'ai beaucoup de colère rentrée à cause de la séparation de mes parents. Crois-moi, Peter... le divorce, c'est une catastrophe! Tu devrais bien observer tes parents et écouter tout ce qu'ils disent, pour ne pas te laisser surprendre.»

Pendant les deux semaines suivantes, je les ai observés de très près, mes parents, en cherchant des signes de divorce. Mais je n'ai rien vu ni rien entendu de bizarre, et je me suis vite fatigué. En plus, quand par hasard mes parents se disputent, ça finit toujours en rigolade.

*
*   *

En février, nous avons fêté le premier anniversaire de Tootsie. Elle a perpétué la tradition familiale en écrasant son poing sur son gâteau d'anniversaire. Mamie, qui tient toujours à offrir des cadeaux à tout le monde, et pas seulement à celui ou celle que l'on fête, m'a apporté un stylo quatre couleurs, et à Mousse, un nouveau livre de Brian Tumkin.

«Lis!» a ordonné Mousse à Mamie.

Elle l'a pris sur ses genoux et lui a lu la toute dernière aventure d'Uriah, l'un des héros de Brian Tumkin.

«C'est fou ce que j'adorais ses livres quand j'étais tout petit.»

«Je suis pas tout petit», m'a rappelé Mousse. «L'année prochaine, je rentre en onzième. La toute petite, c'est elle, celle au gâteau d'anniversaire!»

La reine de la fête était assise dans sa chaise haute et faisait un beau gâchis. Mamie lui avait apporté un nouveau gobelet spécial-bébé, de ceux qui refusent absolument de se renverser. Tootsie l'a secoué dans tous les sens, elle a poussé un cri strident, et elle a réussi à se renverser son lait sur la tête.

«Le premier anniversaire de Tootsie pourrait bien se terminer en véritable catastrophe.»

«C'est quoi, une catastrophe?» a demandé Mousse.

«C'est quand quelque chose tourne mal.»

«Ou quand *tout* tourne mal», a ajouté Maman.

*
* *

En parlant de catastrophes! Six semaines plus tard, Tootsie a commencé à marcher. D'abord elle n'a fait que quelques pas, de Maman à Papa, ou de moi jusqu'à Mousse. Mais très vite elle s'est mise à trotter partout. Des fois, elle faisait des vols planés. Si personne ne regardait, elle éclatait de rire et elle repartait aussi sec. Mais si elle surprenait l'un de nous en train de la regarder, elle se mettait à brailler et ne s'arrêtait que si on lui offrait un biscuit à l'orange.

Et Tootsie n'était pas la seule à faire des vols planés. Mousse, lui, apprenait à rouler à bicyclette. Et l'un de ses plus gros problèmes, c'était de s'arrêter. Au lieu de serrer les freins, il s'entêtait à vouloir sauter en marche. Je me trompais quand je lui avais assuré qu'il ne s'écorcherait les genoux qu'une ou deux fois. Les coudes, les genoux, même la tête, tout y est passé. Et sans arrêt. Mais il ne voulait pas abandonner. Il tenait à aller à l'école à bicyclette.

*
* *

Finalement, vers la fin avril, Maman et Papa ont décidé que Mousse maîtrisait assez bien l'art de la bicyclette pour aller en vélo à l'école avec Daniel, qui, comme il l'avait annoncé, avait appris sur sa pelouse, sans une égratignure. Et tout se serait bien passé, si seulement Mousse s'était souvenu de serrer les freins quand il est arrivé devant le porte-vélos de l'école. Mais il n'y a pas pensé. Alors il a percuté le porte-vélos, a renversé une rangée de bicyclettes, et il a fini avec les coudes écorchés, les genoux écorchés et les jeans déchirés.

«Tu ne le raconteras pas à Maman», a dit Mousse,

«sinon elle va m'interdire de venir à l'école en vélo.»

«Je crois que de toute façon Maman s'en rendra compte. Tu ne t'es pas regardé!»

Je l'ai porté jusqu'à l'infirmerie. Mlle Elliot a nettoyé ses écorchures et ses gnons avec de l'eau oxygénée, Mousse a poussé un hurlement. Il y avait de quoi; moi aussi, j'avais l'impression que ça me piquait. Mais Mousse ne s'est pas contenté d'un seul hurlement. Il a continué, et il a fait tellement de foin que M. Green, le directeur, l'a entendu et s'est précipité à l'infirmerie.

«Mais enfin, que se passe-t-il, ici?» a demandé M. Green.

«Coudes et genoux écorchés», a dit Mlle Elliot.

«Coudes et genoux écorchés», a répété M. Green. «Quand j'étais petit, j'avais les coudes et les genoux écorchés tout le temps. Je faisais du patin à roulettes et toutes les semaines, je tombais.»

Mousse a reniflé et remarqué: «Tu étais nul, alors, c'est bête.»

«Qui dit que j'étais nul?» a demandé M. Green.

«Ben, tu dis que tu tombais tout le temps.»

«C'est parce que je prenais beaucoup de risques», a rétorqué M. Green. «Et maintenant je veux que tu te dépêches de rentrer en classe parce que dans un petit moment nous avons un visiteur surprise.

«Qui c'est?» a demandé Mousse.

«C'est un monsieur très célèbre. Quelqu'un qui écrit et illustre des livres pour enfants. Il s'appelle Brian Tumkin.

«Brian Tumkin, il n'est pas mort?» a demandé Mousse.

«Il n'est pas mort du tout, et il est même sur le point d'arriver ici.»

«Brian Tumkin, il est pas mort!» a répété Mousse. «Je savais pas. Tu savais, Pee-tah?»

«Je ne m'étais jamais posé la question.»

M. Green s'est tourné vers Mlle Elliot et a dit: «Agréable récréation pour nous tous, qu'il ait accepté de venir faire une conférence à nos enfants.»

«Je crains bien de ne pas savoir qui c'est», a avoué Mlle Elliot.

«Alors tu es encore plus bête que je pensais», lui a dit Mousse. «D'abord tu mets de l'eau oxygénée sur les écorchures sans souffler dessus pour pas que ça pique. Et puis tu ne sais même pas qui est Brian Tumkin.»

«Je ne souffle jamais sur les écorchures», a dit Mlle Elliot. «Ça risque de transmettre des microbes.»

«Maman souffle toujours, quand elle met de l'eau oxygénée.»

«Oui... bon...» a dit M. Green. «Retournons en classe maintenant. Il est presque l'heure de notre programme exceptionnel.»

*
* *

A dix heures, nous nous sommes tous casés dans l'auditorium. Et puis Mme Morgan, la bibliothécaire, a présenté Brian Tumkin en nous disant que des millions d'enfants avaient lu et aimé ses livres, et que nous avions une chance merveilleuse qu'il ait pu faire un saut dans notre école.

Brian Tumkin est monté sur la scène. Il était grand, avec des cheveux gris et une barbe grise. Il nous a salués de la main. Ensuite il s'est retourné et a fait un signe à quelqu'un en coulisse. «J'ai amené un ami avec moi. Viens, Uriah... dépêche-toi... les enfants t'attendent.»

Personne n'est venu sur la scène, mais Brian Tumkin a fait comme si Uriah était apparu. Il a fait semblant de prendre Uriah par la main, et il a continué à lui parler comme s'il était là. J'ai pensé, *ou ce type est vraiment gaga ou alors c'est un grand acteur*. A la fin, il s'est tourné vers le public et a demandé si l'un de nous voyait Uriah. Quelqu'un tout devant a crié: «Moi, je le vois!» Je n'ai pas eu besoin de regarder. Cette voix, je savais déjà à qui elle était.

«Bravo», s'est écrié Brian Tumkin. «L'un de vous voit Uriah. Approche, jeune homme.»

Et tout à coup, Mousse était sur la scène. Je me suis fait tout petit sur mon siège.

«Comment t'appelles-tu, jeune homme?»

«Mousse.»

«C'est un nom original», a remarqué Brian Tumkin.

«Je sais», a répondu Mousse.

«Est-ce que tu accepterais de m'aider aujourd'hui, Mousse?»

«C'est un véritable privilège», a dit Mousse. Je n'en croyais pas mes oreilles! Il avait enfin appris à l'utiliser, ce mot. Brian Tumkin avait l'air drôlement impressionné. Il a répondu: «Eh bien, c'est un véritable privilège pour moi aussi.»

«Voilà qui fait l'unanimité!» a remarqué Mousse.

«Dis donc, tu en as un de ces vocabulaires», a dit Brian Tumkin.

«J'apprends des tas de mots à la maison.»

«C'est formidable.»

«Il y en a que je n'ai pas le droit de dire en classe. Et puis il y en a que mon oiseau connaît. Il s'appelle Oncle Plume.»

Je me suis encore recroquevillé sur mon siège.

«Tu es en quelle classe, Mousse?» a demandé Brian Tumkin.

«A la maternelle.»

«Qui est ta maîtresse?»

«J'ai commencé dans la classe de Face de Rat, mais maintenant je suis dans celle de Mlle Ziff. Elle est beaucoup plus gentille que Face de Rat.

J'ai enfoui mon visage dans mes mains.

«Euh... et si nous commencions notre conversation-portrait?» a proposé Brian Tumkin.

«C'est quoi une conversation-portrait?»

«Je vais m'asseoir devant mon chevalet», a dit Brian Tumkin, en traversant la scène, «toi tu vas me décrire une personne. Et moi je vais dessiner la personne que tu me décriras. Tu crois que tu vas y arriver?»

«Oui», a répondu Mousse. «C'est un monsieur.»

«Oh, il faut m'aider plus que ça», a dit Brian Tumkin, en prenant un morceau de craie. «Il est petit ou grand?»

«Il est grand», a précisé Mousse, «et il a un gros ventre qui pend par-dessus son pantalon, et il est presque chauve mais il lui reste un tout petit peu de cheveux sur les côtés, et il a des lunettes, et un nez pointu et une moustache qui rebique de chaque côté de sa bouche...»

Brian Tumkin dessinait au fur et à mesure que Mousse parlait.

«... Et il a une dent de devant tordue, et ses pieds

171

sont très grands, et il marche comme ça», a continué Mousse, en nous faisant une démonstration.

«Comme un canard?» a demandé Brian Tumkin.

«Oui», a dit Mousse. Et tout d'un coup j'ai compris qui Mousse décrivait et j'ai eu envie de sortir à toute vitesse de l'auditorium. Mais juste à ce moment-là Mousse a regardé la salle et a crié: «Où tu es, Pee-tah? Je te vois pas.» Et j'ai compris que si je me levais tous les yeux se braqueraient sur moi, alors je me suis ratatiné le plus possible sur mon siège et je n'ai pas répondu. «Pee-tah... tu me vois?»

J'ai poussé un grognement. Joanne, qui était assise derrière moi, a gloussé.

«Je trouve pas mon frère», a dit Mousse à Brian Tumkin.

«Tu le trouveras plus tard», a répondu Brian Tumkin. «Allez, tu ne m'as pas dit comment il est habillé, ton monsieur.»

«Oh!» a dit Mousse. «Il a une chemise bleue, et une cravate à rayures et un pantalon marron et des chaussettes marron et des chaussures marron et des lacets marron.»

«Des lacets marron», a répété Brian Tumkin. «Okay... voilà...» Il s'est épousseté les mains et a montré le tableau. «Est-ce qu'il ressemble à quelqu'un que tu connais, Mousse?»

«Oui», a répondu Mousse.

«Qui ça?» a demandé Brian Tumkin.

«M. Green», a dit Mousse.

La salle a éclaté de rire.

Brian Tumkin a souri. «Qui est M. Green?»

«Le directeur», a dit Mousse.

Alors là, la salle a explosé.

«Oh, mon Dieu», s'est écrié Brian Tumkin. «Oh la la.» Il a mis sa main devant sa bouche, et on voyait bien qu'il faisait des efforts terribles pour ne pas rire.

Alors M. Green est monté sur la scène et s'est présenté à Brian Tumkin. Ils se sont serré la main. M. Green a dit: «C'est un dessin formidable, j'aimerais l'accrocher dans mon bureau. Vous voulez me le signer?»

«Bien sûr», a dit Brian Tumkin. «Je suis ravi qu'il vous plaise.» Il a signé son nom en travers du dessin et l'a tendu à M. Green.

Tout le monde a applaudi.

Et puis Mousse a dit: «M. Green, est-ce que c'est une catastrophe?»

M. Green a ri et répondu: «Pas tout à fait, Mousse. Mais je suis sûr que la prochaine fois, tu feras mieux.»

Moi aussi, j'en étais sûr.

Chapitre 12
Tootsie s'exprime

Un matin de mai, Mousse m'a réveillé. «Dépêche-toi», il a dit. «Tu vas arriver en retard à l'école.»

J'ai grogné. «Va-t'en!»

Mais il a tiré mes couvertures et m'a secoué. «Tu vas *vraiment* arriver en retard à l'école.»

J'ai regardé mon radio-réveil. Huit heures dix. *Pourquoi ne s'est-il pas déclenché, mon réveil?* je me suis demandé en sautant à bas de mon lit. J'ai foncé à la salle de bains, je me suis plongé la figure dans l'eau froide, j'ai enfilé quelques vêtements à la va-vite et je suis descendu en trombe. Tout était silencieux dans la cuisine. «Où est le reste de la famille?»

«Ha ha», a chantonné Mousse, en sautillant. «Ha ha ha... on est samedi! Je t'ai bien eu, hein?»

«Espèce de petit...» mais il avait déjà passé la porte de derrière et il détalait comme un lapin dans le jardin.

Je suis remonté épuisé dans ma chambre et je me suis remis au lit. *Je vais le tuer ce môme,* je me disais. *Je vais le couper en petits morceaux. Je vais...* je me suis agité, tourné, retourné, mais rien à faire. Impossible de me rendormir. J'ai entendu Tootsie gazouiller. Je me suis levé et j'ai été jusqu'à sa chambre. Elle était assise dans son berceau et jetait ses jouets par terre, les uns après les autres. Elle s'est même levée quand elle m'a vu, et elle m'a tendu les bras. Je l'ai sortie de son berceau.

« Yuck[*]! Tu sens mauvais. » Je l'ai posée sur la table à langer et je lui ai changé sa couche. J'ai répété : « Yuck! » Le pire, avec les bébés, ce sont les couches. J'ai lavé Tootsie et je lui ai mis plein de talc sur le derrière.

« Yuck », a dit Tootsie.

« C'est ça, yuck. »

Je l'ai descendue à la cuisine, je l'ai installée dans sa chaise haute et je lui ai donné un bol de céréales à grignoter.

Mousse a mis le nez à la porte de derrière. Dès qu'il m'a vu, il est reparti comme une flèche, mais cette fois-ci je l'ai pourchassé. Quand je l'ai attrapé, je l'ai pris par les pieds, je l'ai jeté sur mes épaules et je l'ai ramené la tête en bas à la maison.

Il a menacé : « Je te préviens, je hurle! »

« Vas-y, et tu es un homme mort. »

« Si tu me fais mal, je te dénonce. »

« Vas-y, ne te gêne pas. » D'un coup de pied j'ai ouvert la porte de la cuisine.

* NDT: Yuck, se prononce Yeuck et peut se traduire par beurk.

Quand Tootsie a vu Mousse la tête en bas, elle a ri et applaudi. Mousse avait la figure rouge brique.

«Lâche-moi… lâche-moi…» pleurnichait Mousse.

«Jamais!»

Il a gémi: «C'était une blague. T'aimes pas les blagues?»

«Quelle bonne blague!»

Mousse a donné des coups de pied et s'est mis à brailler: «Lâche-moiiiiii!»

«Dis, *s'il te plaît!*»

«S'il te plaît.»

«S'il te plaît quoi?»

«S'il te plaît, lâche-moi!»

«Jure que tu ne me réveilleras plus jamais un samedi matin.»

«Je ne te réveillerai plus jamais un samedi matin.»

«Ni un dimanche.»

«Ni un dimanche.»

«Ni pendant les vacances.»

«Ni pendant les vacances.»

«Dis-moi que tu regrettes beaucoup ce que tu as fait aujourd'hui.»

«Je regrette.»

«Tu regrettes *comment?*»

«Beaucoup.»

«Beaucoup, *beaucoup?*»

«Oui. Beaucoup, beaucoup, *beaucoup!*»

Je l'ai reposé sur ses pieds et j'ai regardé le sang refluer et son visage virer du rouge vif au rose.

Il a ricané, en se tortillant pour m'échapper: «Ha ha, j'avais les doigts croisés derrière mon dos tout le temps. Alors tout ce que j'ai dit, ça compte pour du beurre!» Et il est reparti ventre à terre dans le jardin.

J'ai secoué la tête.

«Yuck», a dit Tootsie. Et puis elle a lancé son bol de céréales par terre.

*
* *

«Comment se fait-il que tu sois levé si tôt, Peter?» s'est étonnée Maman une heure plus tard, en nouant sa robe de chambre et en bâillant.

«C'est une longue histoire.»

«Eh bien, il fait une journée magnifique. Profitons-en au maximum.» Elle a versé une tasse de lait à Tootsie. «Où est Mousse?»

«Dehors, avec Tortue.»

«Il se lève avec les poules», a remarqué Maman.

«La poule qui chante le soir n'a pas d'œuf le matin.»

Maman a acquiescé et s'est préparé une tasse de café.

Je suis passé chez Alex. J'ai proposé : «Si on faisait quelque chose d'excitant, aujourd'hui ?»

«Comme quoi ?» a demandé Alex.

«Justement, je n'en sais rien.»

«On pourrait chercher des vers de terre pour Mme Muldour», a suggéré Alex.

«Non, ce n'est pas encore la saison des vers de terre. Je lui ai dit que les plus gros ne seraient pas prêts avant la fin de l'été.»

«Alors… quoi ?»

«Il faut qu'on réfléchisse.»

Nous sommes restés assis sur le divan une bonne heure à regarder les dessins animés idiots du samedi matin. En plein milieu de *Spiderman,* j'ai eu une idée. «Qu'est-ce que tu dirais d'un pique-nique ? C'est le jour idéal pour un pique-nique.»

«Où est-ce qu'on irait ?» a demandé Alex.

«Je n'en sais rien.»

Alex s'est gratté la tête. «Et le lac ? On pourrait regarder ramer l'équipe de l'université en mangeant.»

«Ouais… Bonne idée. Qu'est-ce que tu as à manger ?»

«Rien, je crois», a dit Alex. Nous sommes allés tous les deux à la cuisine. «Ma mère fait le marché le samedi après-midi.» Il a ouvert le réfrigérateur. «C'est bien ça. Rien…»

«Moi, mon père fait les courses le vendredi. Viens, on va voir ce qu'il y a chez moi.»

Chez moi on a trouvé du poulet froid, des tomates, du pain de seigle, des fruits et de la limonade fraîche.

«Extra!» a dit Alex. «Allez, on prépare.»

J'ai commencé à tartiner les sandwiches, pendant qu'Alex remplissait un thermos de limonade.

«N'oublie pas le sel», a recommandé Alex.

«Ouais... et la mayonnaise.»

«Il ne faut jamais emporter de mayonnaise en pique-nique», a dit Alex.

«Pourquoi?»

«C'est trop gluant. Et puis, ça rend malade.»

«Première nouvelle!»

«Une fois, en camping, ma mère s'est empoisonnée avec une salade de pommes de terre.»

«Mais nous, on n'emporte pas de salade de pommes de terre.»

«C'était la mayonnaise *de* la salade de pommes de terre, la responsable», a souligné Alex.

«Mais on ne part pas en camping. On va seulement au lac.»

«Je ne veux pas de mayonnaise dans mes sandwiches», a décrété Alex. «Pas une miette!»

«Okay... t'énerve pas.» Et j'ai étalé de la mayonnaise sur mes deux tranches de pain.

179

«Et n'oublie pas le sel.»

J'ai sorti la salière du sac de pique-nique, je la lui ai agitée sous le nez, et pour qu'il arrête de radoter, je lui ai même versé un peu de sel sur la tête.

«Très drôle», il a dit, en s'ébrouant.

La porte en treillis a claqué. C'était Mousse et Tortue.

Tortue a plongé dans son bol d'eau et s'est mis à laper.

Mousse a jeté un coup d'œil autour de lui. «Qu'est-ce que vous faites?»

«A ton avis, qu'est-ce qu'on fait?»

«Vous préparez à manger», a répondu Mousse.

«Exact. On part en pique-nique.»

«On?» a demandé Mousse.

«Pas *on*. Nous. Moi et Alex.»

«Où est-ce que vous allez pique-niquer?»

«Au lac.»

«Je viens aussi.»

«Oh non, pas question.»

«Pourquoi?»

«Parce que tu n'es pas invité... voilà pourquoi.»

«Mais j'aime pique-niquer. Et j'aime le lac.»

«Tant pis pour toi.»

«Et je t'ai demandé pardon... tu te souviens?»

«Ouais, et tu m'as dit aussi que tu avais croisé les doigts derrière ton dos.»

«C'était une blague», a dit Mousse. «Je ne les ai pas *vraiment* croisés.»

«Tu sais ce qui arrive aux enfants qui mentent?»

«Non, quoi?»

«Tu verras.» Je l'ai poussé pour passer.

Il s'est précipité dehors en criant: «Maman... Maman... s'il te plaît, je peux aller au lac avec Pee-tah?»

«Non!» a dit Maman.

«Pourquoi?»

«Parce que c'est trop loin... il y a beaucoup trop de circulation sur cette route.»

Mousse a tapé des pieds et hurlé: «Je veux aller au lac! Moi aussi, je veux aller pique-niquer!» Quand il nous a vus sortir avec nos sacs de pique-nique, il s'est précipité sur moi et s'est accroché à une de mes jambes. «Emmène-moi... emmène-moi... emmène-moi...» Il a supplié.

«Va te faire voir!» j'ai dit, en me libérant d'un coup de pied. «Téléphone à Daniel. Compte les coccinelles. Invente quelque chose...»

Mousse s'est bouché les oreilles avec ses mains, il a ouvert la bouche et s'est mis à hurler.

«Il va finir avec la voix cassée», a remarqué Alex.

«Allez. On file.»

Nous avons sauté sur nos bicyclettes et descendu l'allée en roue libre. Mousse a ramassé deux ou trois

cailloux et nous les a lancés, mais il a raté sa cible.
Deux rues plus loin, on l'entendait toujours crier.

*
* *

Alex devait être rentré chez lui à trois heures et
demie pour sa leçon de piano. Et puis l'équipe qui
ramait, on l'avait assez vue, et les fourmis du lac, on
les avait aussi plus qu'assez vues. Maman et Papa
jardinaient quand j'ai remonté l'allée avec ma bicyclette. Et Tootsie dormait dans une chaise longue.

«Alors ce pique-nique, c'était bien?» a demandé
Maman.

«C'était sympa. Un peu trop de fourmis, mais
sympa.»

«N'oublie pas de rincer la Thermos», a recommandé Papa.

«Non, non. Où est Mousse?»

«Je ne l'ai pas revu depuis que tu es parti», a dit
Papa.

«Il est sans doute chez Daniel», a dit Maman. «Tu
sais, il était dans une colère noire.»

«J'ai remarqué.»

A quatre heures, le téléphone a sonné. J'ai répondu. C'était la mère de Daniel. Elle m'a demandé de
prévenir Daniel qu'il était temps de rentrer à la
maison.

J'ai dit: «Il n'est pas chez nous.»

«Mais alors où est-il?»

«Je ne sais pas. Attendez...» J'ai posé le téléphone, je suis allé à la porte du jardin et j'ai crié: «C'est Mme Manheim... elle cherche Daniel.»

Maman s'est précipitée dans la maison, en s'essuyant les mains sur son jean. Elle a pris le téléphone. «Mme Manheim... nous pensions que Mousse était chez vous... Non, pas depuis onze heures et demie environ... Vous avez trouvé quoi?... Oh non... Vous ne pensez pas que... Oui... bien sûr, tout de suite...» Elle a raccroché.

«Que se passe-t-il?» a demandé Papa. Il avait écouté sur le pas de la porte.

«Elle a trouvé la tirelire de Daniel... en mille morceaux... tout l'argent a disparu.»

Maman est montée quatre à quatre dans la chambre de Mousse.

«Buongiorno», a dit Oncle Plume.

«Où est-ce qu'il range cette tirelire que Mamie lui a offerte pour son anniversaire?» a demandé Maman, sans prêter attention à Oncle Plume.

J'ai dit: «La voilà!» en l'apercevant sur l'étagère. «Et elle est vide!»

«Buongiorno, imbécile...» a dit Oncle Plume.

«Oh! toi, la ferme!»

«La ferme toi-même... toi-même... toi-même.»

«Combien tu crois qu'il y avait là-dedans?» a demandé Maman.

«Dans les deux dollars cinquante, il les comptait l'autre soir.»

«Alors a eux deux, ils ne sont pas loin des sept dollars», a conclu Maman.

«Sept», a répété Oncle Plume. «Sept... sept... sept.»

«Ils ne pourront pas aller très loin avec sept dollars.»

«Peter, je t'en prie...» a dit Maman.

Quelques minutes plus tard, Mme Manheim est arrivée dans une voiture de sport rouge. Elle portait un short, un T-shirt qui disait «Attention les Bosses», et des tennis avec le bout découpé. Une grande natte lui pendait dans le dos.

«Nous pensons qu'ils sont peut-être allés au lac», lui a dit Papa.

«Au lac!» s'est écriée Mme Manheim. «Mon Dieu... mais Daniel ne sait pas nager.»

«Mousse non plus», a dit Maman.

J'ai corrigé: «Si, il sait. Il barbote comme un chien.»

«Peter, je t'en prie...»

«De toute façon, pourquoi est-ce qu'ils iraient nager au lac? Il y a trop de vase pour nager.»

«Peter, je t'en prie!» a dit Papa.

J'ai fini par demander : «Je t'en prie, quoi?»

«Je t'en prie, tais-toi. Nous réfléchissons.»

«Ne perdons plus une minute», a dit Mme Manheim. «Plus vite nous partirons à leur recherche, plus vite nous aurons des chances de les trouver.»

«Warren», a dit Maman, «toi, accompagne Mme Manheim… moi je reste ici avec Peter au cas où ils essaieraient de nous téléphoner.»

Après qu'ils ont été partis, Maman m'a demandé de ramener Tootsie à l'intérieur. Elle dormait toujours à poings fermés sur sa chaise longue. Je l'ai prise dans mes bras et je l'ai portée dans la maison. Elle a ouvert les yeux, et quand elle a vu que c'était moi, elle a souri et elle a dit : «Yuck.»

A cinq heures, le téléphone a sonné. J'ai pensé : *Ça y est. C'est fini. Ils l'ont trouvé écrasé sur la route, sa bicyclette en bouillie. Ou peut-être que c'est l'équipe de Princeton qui l'a trouvé. Ils l'ont peut-être sorti du lac, le visage bleu et bouffi.* J'ai senti une grosse boule dans ma gorge. *Si au moins je l'avais emmené pique-niquer avec moi, rien de tout ça ne serait arrivé. Quand je pense que je voulais l'étrangler ce matin quand il m'a réveillé. Maintenant il est trop tard.* Je me suis imaginé à l'enterrement. Mousse et Daniel, côte à côte, dans des petits cercueils blancs…

«Peter, tu veux répondre?» m'a demandé ma mère.

J'ai décroché : «Allô.» C'est tout juste si j'ai pu arriver à articuler. Comment j'allais annoncer ça à Maman, si c'étaient des mauvaises nouvelles ?

«Salut, Pee-tah !»

«Mousse ! Où es-tu ?»

«Devine...»

«A la gare ?»

«Nan.»

«Au terminus des autobus ?»

«Nan.»

«Au commissariat ?»

«Nan. Tu donnes ta langue au chat ?»

«Oui... où es-tu ?»

«A la boulangerie Sandy.»

«Quoi ?»

«A la boulangerie Sandy.»

«Tout près de la grande route ?»

«Oui.»

«Tu es allé à bicyclette jusqu'à la grande route ?»

«C'était facile.»

«Et Daniel, il est avec toi ?»

«Oui.»

Maman m'a arraché le téléphone des mains. «Mousse, mon ange ! Je suis si contente que tu sois sain et sauf ! Nous étions si inquiets. Ne bouge pas... pas d'un centimètre... nous venons vous chercher tout de suite.»

Nous avons sauté dans la voiture. J'ai installé Tootsie sur son siège-auto et nous sommes partis. Nous avons trouvé Papa et Mme Manheim qui longeaient le lac, nous leur avons appris la bonne nouvelle, et ils nous ont suivis jusqu'au rond-point et la grande route.

Mousse et Daniel attendaient devant la boulangerie. Ils avaient l'air minuscules. Mousse tenait à la main un sac en papier marqué «Chez Sandy». Maman s'est garée, a sauté de la voiture et a serré Mousse dans ses bras. «Je suis si heureuse de te voir!»

J'ai senti de nouveau une boule dans ma gorge, mais pas le même genre que l'autre.

«Attention, Maman», a dit Mousse. «Tu vas écraser tes gâteaux.»

Quand nous sommes arrivés à la maison, Mousse s'est installé dans le fauteuil préféré de Maman et il a dit: «On est allés à la charcuterie à côté de chez Sandy pour déjeuner. On a partagé un sandwich au cervelas.»

«Et on a mangé chacun trois cornichons», a ajouté Daniel, étalé dans le fauteuil de Papa. «Et un soda avec de la glace.»

Maman, Papa et Mme Manheim étaient assis en rang sur le divan face aux fugueurs.

«Vous savez que c'était mal ce que vous avez fait aujourd'hui», a commencé Maman.

«C'était imprudent et bête», a dit Papa.

«Pour ne pas dire *dangereux*», a ajouté Maman.

J'ai dit: «Et idiot!»

«Et tout en étant très heureux de vous retrou-ver», a dit Mme Manheim, «nous sommes aussi très en colère!»

«Très», a souligné Maman.

«Et vous allez être punis», a dit Papa.

Mousse et Daniel se sont regardés.

«Que proposez-vous?» leur a demandé Papa.

«Envoyez-nous au lit à huit heures ce soir», a dit Mousse.

«Ça ne me semble pas convenir», a dit Maman.

«Sept heures, alors?» a demandé Daniel, en bâil-lant.

«Oui», lui a dit Mme Manheim, «parce que vous êtes fatigués. Mais ce n'est pas une bonne punition.»

J'ai suggéré en m'attendant à ce que tout le monde crie: «Peter, je t'en prie...»: «Et si vous leur confisquiez leurs bicyclettes pendant un mois?» Tout d'un coup, il y a eu un grand silence.

«Non!» a hurlé Mousse.

«C'est pas juste!» a beuglé Daniel.

Maman, Papa et Mme Manheim ont échangé des regards.

«Je trouve que c'est une très bonne idée», a fini par dire Papa.

«Je trouve aussi», a dit Mme Manheim.

«Je suis d'accord», a dit Maman.

Je n'en croyais pas mes oreilles. Ils m'avaient enfin pris au sérieux.

«Mais comment est-ce qu'on ira à l'école?» a demandé Mousse, boudeur.

«A pied», lui a répondu Maman. «Comme avant, quand tu n'avais pas de bicyclette.»

«Mais, Maman», a commencé Mousse. «Si tu m'aimes...»

«C'est parce que je t'aime», a répliqué Maman. «C'est parce que nous t'aimons et que nous nous faisons du souci pour toi...»

Mousse s'est levé et a tapé du pied. «Si j'avais su, je vous aurais pas acheté de gâteaux!»

*
*   *

Papa a pris leurs bicyclettes, les a accrochées ensemble avec une chaîne et les a posées sur une étagère du garage.

«J'espère que vous apprendrez, tous les deux, à ne pas vous sauver dès que quelque chose ne vous plaît pas.»

«Se sauver ne résout rien», a ajouté Maman.

«On s'est bien amusés», a dit Daniel, «nananère!»

«Et on a bien mangé», a dit Mousse. «Et puis

comme ça vous avez vu qu'on est assez grands pour aller tout seuls à bicyclette au lac! Nanana!»

«Oh que non», a dit Papa. «Ce qu'on a vu, c'est que vous n'étiez pas prêts à jouir du privilège de rouler à bicyclette.»

Mousse et Daniel se sont de nouveau regardés. Et cette fois, ils ont éclaté en sanglots.

Pour le dîner, nous avons commandé une pizza. Daniel s'est arrêté de pleurer juste assez pour rappeler à Maman: «Je déteste les petits pois et les oignons.»

«Comment est-ce que j'ai pu l'oublier?» a dit Maman.

*
* *

Quand Daniel et Mme Manheim sont rentrés chez eux, Maman a mis son nouveau disque de Mozart sur la chaîne, et nous nous sommes assis autour de la table du salon pour avancer notre puzzle familial. C'est un paysage de montagne au coucher du soleil; pour le moment nous n'en avons fait qu'un coin.

«Pee-tah s'est sauvé, un jour», a remarqué Mousse, en mâchonnant une pièce du puzzle.

Je la lui ai retirée de la bouche et j'ai dit: «J'ai pensé à me sauver... mais je n'ai jamais été jusqu'au bout.» J'ai trouvé une pièce qui correspondait et je l'ai mise en place.

«Et Papa il s'est sauvé aussi, quand il n'a plus eu envie de travailler», a continué Mousse, en empilant les pièces orange.

«Qu'est-ce que tu racontes?» a demandé Papa.

«C'est pour ça qu'on est venus à Princeton, hein?» a dit Mousse.

«Non, bien sûr que non», a répondu Papa. «Qu'est-ce qui a pu te donner cette idée?»

«Je l'ai trouvée tout seul.»

«Eh bien tu te trompes complètement!» a dit Papa.

«Alors pourquoi est-ce qu'on est venus à Princeton?» a insisté Mousse.

«Pour changer», a expliqué Papa.

«C'est pour ça que je voulais aller au lac», a dit Mousse, «pour changer.»

«En parlant de Princeton... et de changements», a commencé Maman, en engloutissant son troisième petit gâteau, «Millie et George seront bientôt de retour, et nous devons prendre une décision.»

«Comment ça?»

«Eh bien voilà, soit nous cherchons une autre maison ici, soit nous nous préparons à rentrer à New York.»

«Tu veux dire qu'on a le choix? J'ai toujours cru qu'on restait juste cette année à Princeton... et c'est tout.»

Tootsie est arrivée en zigzaguant, elle a tendu le bras et attrapé une poignée de morceaux de coucher de soleil, et puis elle est repartie en courant.

J'ai crié, en la poursuivant dans la pièce : «Hé... reviens, rends-moi ça!»

Je lui ai tendu sa souris en caoutchouc et elle a lâché les pièces du puzzle.

«L'idée de faire le trajet matin et soir ne m'enchante guère», a dit Papa, «mais si vous tous préférez rester à Princeton, c'est d'accord.»

«Le trajet?»

«Oui», a dit Papa. «Je reprends le travail à l'Agence.»

«Tu n'écris plus?»

«Pas pour le moment», a dit Papa. «J'ai découvert que je ne m'en sortais pas très bien. Je risque de ne jamais le terminer, ce livre.»

Moi, je le savais, qu'il ne le terminerait jamais. Mais je n'ai rien dit.

«Par contre, en publicité, je suis très fort», a poursuivi Papa. «Et j'ai hâte de recommencer à travailler.» Il m'a regardé. «Mais ça ne signifie pas pour autant que je veuille devenir le directeur de l'Agence, Peter.»

«Je sais... je sais... Et toi, Maman? Qu'est-ce que tu vas faire?»

«Eh bien... puisque Papa retourne à l'Agence,

j'aimerais beaucoup commencer mes cours d'histoire de l'art... à la N.Y.U., pourquoi pas.»

«C'est à New York, ça, hein?»

«Oui», a répondu Maman. «A Greenwich Village.»

«Mais alors, vous voulez tous les deux retourner à New York?»

Ils se sont touché les mains et Maman a dit: «J'en ai bien l'impression.»

«Et toi, Peter?» a demandé Papa. «Qu'est-ce que tu préfères?»

«Je ne sais pas. Je me suis habitué à ici, mais New York continue à me manquer.»

«Je ne me souviens pas de New York», a coupé Mousse.

«Bien sûr que si.»

«Non, je t'assure. Est-ce que je pourrai faire de la bicyclette, là-bas?»

«Dans certains coins. A Central Park, par exemple.»

«Central Park, je m'en souviens», a dit Mousse.

«Et de notre appartement, tu t'en souviens? Et de l'ascenseur et d'Henry...»

«Ouais, c'est vrai. J'avais oublié Henry et l'ascenseur.»

Maman et Papa ont éclaté de rire.

«Et toi, Tootsie?» a dit Mousse. «Où est-ce que

tu veux habiter… à Princeton ou à New York?»

«Yuck!» a dit Tootsie.

«Hé, vous avez entendu?» a demandé Mousse.

«Yuck!» a répété Tootsie.

Maman et Papa ont échangé des regards étonnés.

«C'est le premier mot de Tootsie», a remarqué Mousse. «Elle aussi, elle veut habiter à New York!»

«Nu Yuck!» a dit Tootsie.

J'ai compris que j'étais le seul à savoir que Tootsie avait passé la journée à dire *Yuck*. Et je n'avais pas du tout l'intention de raconter que ça n'avait rien à voir avec la ville.

«Voilà qui fait l'unanimité!» a déclaré Mousse.

«Quel mot compliqué», a remarqué Maman.

«Je connais des tas de mots compliqués», lui a dit Mousse. «Tu serais étonnée si tu savais tous les mots compliqués que je connais.»

«Mousse», a dit Maman, «que de surprises tu nous réserves.»

*
*   *

Alors nous rentrons, j'ai pensé. *Retrouver* La Grosse Pomme*. *Retrouver notre appartement. Retrouver Jimmy Fargo et Sheila Tubman et mon rocher dans le parc. Retrouver les balades avec Tortue et le sac-à-besoins. Mais ça vaut la peine. Tout ça vaut vraiment la peine.* J'ai pris Tootsie

* NDT: Big Apple: New York.

dans mes bras et j'ai virevolté avec elle. Je ne pouvais pas me retenir de rire. Et Tootsie riait, elle aussi. Il y a des gens pour qui rien ne vaut Nu Yuck. Et je crois que je suis de ceux-là!

Table des matières